ALGO
Belo

JAMIE McGUIRE

ALGO Belo

Tradução
Cláudia Mello Belhassof

1ª edição
Rio de Janeiro-RJ / Campinas-SP, 2017

VERUS
EDITORA

Editora executiva: Raïssa Castro
Coordenação editorial: Ana Paula Gomes
Copidesque: Maria Lúcia A. Maier
Revisão: Raquel de Sena Rodrigues Tersi
Capa e projeto gráfico: André S. Tavares da Silva

Título original: *Something Beautiful*

ISBN: 978-85-7686-578-0

Copyright © Jamie McGuire, 2015
Direitos de tradução acordados por Taryn Fagerness Agency e Sandra Bruna Agencia Literaria, SL.
Todos os direitos reservados.

Tradução © Verus Editora, 2017
Direitos reservados em língua portuguesa, no Brasil, por Verus Editora. Nenhuma parte desta obra pode ser reproduzida ou transmitida por qualquer forma e/ou quaisquer meios (eletrônico ou mecânico, incluindo fotocópia e gravação) ou arquivada em qualquer sistema ou banco de dados sem permissão escrita da editora.

Verus Editora Ltda.
Rua Benedicto Aristides Ribeiro, 41, Jd. Santa Genebra II, Campinas/SP, 13084-753
Fone/Fax: (19) 3249-0001 | www.veruseditora.com.br

CIP-BRASIL. CATALOGAÇÃO NA FONTE
SINDICATO NACIONAL DOS EDITORES DE LIVROS, RJ

M429a

McGuire, Jamie
    Algo belo / Jamie McGuire ; tradução Cláudia Mello Belhassof. - 1. ed. - Campinas, SP : Verus, 2017.
    23 cm.

    Tradução de: Something Beautiful
    ISBN 978-85-7686-578-0

    1. Ficção americana. I. Belhassof, Cláudia Mello. II. Título.

16-38732   CDD: 813
                                                  CDU: 821.111(73)-3

Revisado conforme o novo acordo ortográfico

Para minha doce amiga Megan Davis
Obrigada por existir

PRÓLOGO

Shepley

— *Para de ser mulherzinha* — disse Travis, me dando um soco no braço.

Franzi a testa e olhei ao redor para ver quem tinha escutado. A maioria dos meus calouros estava ao alcance do ouvido, passando por nós rumo ao refeitório da Universidade Eastern para receber orientações. Reconheci vários rostos do Colégio de Eakins, mas havia muitos mais que eu não conhecia, como duas garotas que andavam juntas — uma delas com um cardigã e uma trança castanho-clara, a outra com cabelos dourados e ondulados e short curto. Ela olhou na minha direção por meio segundo e depois continuou, como se eu fosse um objeto inanimado.

Travis levantou as mãos, exibindo um grosso bracelete de couro preto no pulso esquerdo. Eu queria arrancá-lo e bater nele com o bracelete.

— Desculpa, Shepley Maddox! — ele gritou meu nome enquanto olhava ao redor, parecendo mais um robô ou um ator canastrão. Depois sussurrou, se aproximando: — Esqueci que não posso mais te chamar assim... pelo menos, não no campus.

— Em lugar nenhum, seu babaca. Por que você veio, se era pra ser tão idiota? — perguntei.

Com os nós dos dedos, Travis deu um tapinha sob a aba do meu boné, quase o derrubando antes de eu conseguir pegá-lo.

— Eu lembro direitinho do dia da recepção aos calouros. Nem acredito que já se passou um ano. Sinistro, porra. — Pegando o isqueiro no bolso, ele acendeu um cigarro e soprou uma nuvem de fumaça cinza.

— Você que é sinistro, porra. Valeu por me mostrar aonde ir. Agora se manda.

— Oi, Travis — disse uma garota na beira da calçada.

Travis fez um sinal com a cabeça para ela e depois me deu uma cotovelada com força.

— Até mais tarde, primo. Enquanto você estiver escutando um monte de merda chata, eu vou estar com as bolas enfiadas naquela morena.

Travis cumprimentou a garota, quem quer que fosse. Eu já a tinha visto nos porões do campus no ano anterior, quando vim com Travis ver suas lutas no Círculo, mas não sabia o nome dela. Eu poderia observá-la interagindo com Travis e descobrir tudo que eu precisava saber. Ela já estava conquistada.

A contagem semanal de Travis tinha diminuído um pouco desde o primeiro ano na faculdade, mas não muito. Ele não dizia nada, mas eu percebia que ele estava entediado com a falta de desafios representada pelas colegas do campus. E eu estava louco para conhecer uma garota que ele não tivesse curvado sobre o nosso sofá.

A porta pesada precisava de mais do que apenas um empurrão, e eu entrei, sentindo o alívio imediato do ar-condicionado. Mesas retangulares unidas, ponta com ponta, formavam cinco fileiras, estrategicamente separadas em áreas para facilitar o fluxo e o acesso à fila da comida e ao bufê de saladas. Havia uma única mesa circular num canto, e lá estava a loira com sua amiga e um cara chamativo com um falso moicano descolorido que parecia ter dado de cara numa parede.

Darius Washington estava sentado na ponta da fileira de mesas, perto o suficiente da mesa redonda, e eu esperei que ele me visse. Quando me olhou, acenou para mim, como eu imaginava, e eu me juntei a ele, empolgado por estar a menos de três metros da loira. Não olhei para trás. Na maioria das vezes, Travis era um babaca arrogante, mas estar perto dele significava ter aulas gratuitas de como chamar a atenção de uma garota.

Lição número um: Vá atrás, mas não corra.

Darius acenou para as pessoas sentadas à mesa redonda.

Acenei com a cabeça para ele.

— Você conhece esse pessoal?

Ele negou.

— Só o Finch. Conheci ontem, quando me mudei pro dormitório. Ele é hilário.

— E as garotas?

— Não, mas elas são gostosas. As duas.

— Preciso conhecer a loira.

— O Finch parece ser amigo dela. Os dois estão conversando desde que sentaram. Vou ver o que consigo fazer.

Coloquei a mão firme no ombro dele, olhando discretamente para trás. Ela encontrou meu olhar, sorriu e olhou para outro lado.

Fica calmo, Shep. Não estraga tudo.

O tédio extremo de esperar o término da recepção aos calouros só piorou com a expectativa de conhecer aquela garota. De vez em quando, eu a ouvia dando risinhos. Prometi a mim mesmo que não olharia para trás, mas fracassei várias vezes. Ela era linda, com enormes olhos verdes e cabelo comprido e ondulado, como se tivesse acabado de sair do mar e deixado o cabelo secar ao sol. Quanto mais eu me esforçava para ouvir sua voz, mais ridículo me sentia, mas havia alguma coisa nela, desde aquele primeiro olhar, que me fazia querer planejar maneiras de impressioná-la ou fazê-la rir. Eu faria qualquer coisa para chamar sua atenção, mesmo que fosse por cinco minutos.

Depois que recebemos nossos pacotes, e o mapa do campus, os planos de refeições e as regras foram explicados *ad nauseam*, o reitor, sr. Johnson, nos dispensou.

— Espera até a gente sair — falei.

Darius fez que sim.

— Relaxa. Eu vou te ajudar. Como nos velhos tempos.

— Nos velhos tempos, a gente corria atrás de meninas do ensino médio. Ela definitivamente não é uma menina do ensino médio. Provavelmente nem quando ela *estava* no ensino médio — falei, seguindo Darius até o lado de fora. — Ela é confiante. E também parece experiente.

— Nem, cara. Ela me parece certinha.

— Não esse tipo de experiente — bufei.

Darius riu.

— Calma. Você ainda nem conheceu a garota. É melhor ter cuidado. Lembra da Anya? Você ficou tão enrolado com ela que a gente achou que você ia morrer.

— E aí, comedor — disse Travis embaixo de uma árvore frondosa, a uns cem metros da entrada. Ele soprou a última nuvem de fumaça e apagou a bituca, esmagando-a no chão com a bota. Exibia um sorriso satisfeito, típico de um homem depois do orgasmo.

— Como? — perguntei, sem acreditar.

— O quarto dela é logo ali — disse ele, apontando para o Morgan Hall.

— O Darius vai me apresentar pra uma garota — falei. — Só... fica de boca fechada.

Travis arqueou uma sobrancelha e depois fez que sim com a cabeça.

— Tudo bem, querido.

— É sério — falei, olhando para ele. Enfiei as mãos nos bolsos da calça jeans e respirei fundo, observando Darius puxar assunto com Finch.

A morena já tinha ido embora, mas, felizmente, a amiga dela parecia interessada em ficar por ali.

— Para de se remexer — disse Travis. — Parece que você está quase mijando na calça.

— Cala a boca — sibilei.

Darius apontou na minha direção, e Finch e a loira olharam para Travis, ao meu lado.

— Merda — falei, olhando para meu primo. — Fala comigo. Estamos parecendo dois tarados.

— Você está com cara de sonhador — disse Travis. — Vai ser amor à primeira vista.

— Eles estão... estão vindo pra cá? — perguntei. Meu coração parecia prestes a sair do peito, e tive uma vontade súbita de dar uma surra no Travis por ser tão petulante.

Ele rastreou a área com sua visão periférica.

— Sim.

— Sim? — falei, tentando esconder um sorriso. Um fio de suor escapou do meu couro cabeludo, e eu o sequei rapidamente.

Travis balançou a cabeça.

— Vou te dar um chute no saco. Você já está surtando pela garota e ainda nem a conheceu.

— Oi — cumprimentou Darius.

Virei e apertei a mão que ele estendeu para mim, em algo entre um high-five e um cumprimento normal.

— Esse aqui é o Finch — disse Darius. — Ele mora no quarto ao lado do meu.

— Oi — disse Finch, apertando minha mão com um sorriso paquerador.

— Eu sou a America — disse a loira, estendendo a mão para mim. — A orientação foi cruel. Graças a Deus que só somos calouros uma vez.

Ela era ainda mais bonita de perto. Seus olhos brilhavam, seu cabelo cintilava sob a luz do sol, e suas pernas esguias pareciam o paraíso naquele short branco com franjas. Ela era quase tão alta quanto eu, mesmo de sandália, e o modo como mexia a boca ao falar, além dos lábios carnudos, era sexy pra caramba.

Peguei sua mão e a apertei.

— America?

Ela deu um sorrisinho.

— Vá em frente. Pode fazer a piadinha suja. Já ouvi todas.

— Já ouviu "Eu adoraria te foder pela liberdade"? — Travis perguntou.

Dei uma cotovelada nele, tentando manter o rosto sem expressão. America percebeu meu gesto.

— Na verdade, já.

— E aí... aceita a minha oferta? — provocou Travis.

— Não — ela respondeu sem hesitar.

É. Ela é perfeita.

— E se fosse o meu primo? — ele perguntou, me empurrando com tanta força que tive de dar um passo para o lado.

— Para com isso — falei, quase implorando. — Não liga pra ele — eu disse para America. — Nós não deixamos ele sair muito.

— Dá para perceber o motivo. Ele é mesmo seu primo?

— Eu tento esconder das pessoas, mas é.

Ela analisou Travis e depois voltou a atenção para mim novamente.

— E aí, você vai me dizer o seu nome?

— Shepley. Maddox — acrescentei.

— O que você vai fazer no jantar, Shepley?

— O que *eu* vou fazer no jantar? — perguntei.

Travis me cutucou com o braço.

Eu o empurrei para longe.

— Vai se foder!

America deu uma risadinha.

— É, você. Eu definitivamente não chamaria o seu primo para um encontro.

— Por que não? — Travis indagou, fingindo se sentir ofendido.

— Porque eu não namoro crianças.

Darius caiu na gargalhada, e Travis sorriu, sem se abalar. Ele estava sendo babaca de propósito, para me fazer parecer o Príncipe Encantado. O companheiro perfeito de paquera.

— Você tem carro? — America perguntou.

— Tenho — respondi.

— Te espero em frente ao Morgan Hall às seis.

— É... tudo bem. Até mais tarde — falei.

Ela já estava se despedindo de Finch e se afastando.

— Puta merda — sussurrei. — Acho que estou apaixonado.

Travis suspirou e, com um tapa, segurou minha nuca.

— Claro que está. Vamos nessa.

America

Grama recém-cortada, asfalto fervendo sob o sol e fumaça de escapamento — esses eram os cheiros que me fariam lembrar do instante em que Shepley Maddox saltou de seu Charger vintage e subiu os degraus do Morgan Hall até onde eu estava.

Seus olhos examinaram meu vestido longo azul-claro, e ele sorriu.

— Você está ótima. Não, mais que ótima. Vou ter que usar minha melhor cartada.

— Você está mediano — falei, observando sua camisa polo e o que provavelmente era sua melhor calça jeans. Eu me aproximei. — Mas seu perfume é incrível.

O rosto dele ficou vermelho o suficiente para ser notado na pele bronzeada, e ele me deu um sorriso sagaz.

— Já me disseram que a minha aparência é mediana, mas isso não vai me impedir de jantar com você.

— É mesmo?

Ele fez que sim com a cabeça.

— Essa pessoa estava mentindo. E eu também. — Passei por ele, descendo os degraus.

Shepley passou apressado na minha frente e pegou a maçaneta da porta do passageiro antes de mim, abrindo-a num movimento amplo.

— Obrigada — falei, me acomodando no banco.

O couro estava frio sob a minha pele. O interior parecia ter sido aspirado e polido recentemente e tinha cheiro de aromatizador genérico.

Quando ele se sentou e virou para mim, não consegui evitar um sorriso. Seu entusiasmo era adorável. Os garotos do Kansas não eram assim tão... ávidos.

Pelo tom dourado da pele e os músculos sólidos em seus braços, que inchavam toda vez que ele os mexia, presumi que ele devia ter trabalhado ao ar livre durante todo o verão — talvez montando blocos de feno ou carregando algo pesado. Seus olhos verde-mel praticamente cintilavam, e o cabelo escuro — não tão curto quanto o de Travis — tinha sido clareado pelo sol, me lembrando da cor de caramelo do cabelo da Abby.

— Eu ia te levar ao restaurante italiano aqui da cidade, mas está fresco ao ar livre pra... Eu... eu só queria passar um tempo com você e te conhecer melhor, em vez de ser interrompido a toda hora pelo garçom.

Então eu fiz isso — disse ele, apontando com a cabeça para o banco de trás. — Espero que não seja um problema.

Fiquei tensa e me virei lentamente para ver do que ele estava falando. No meio do banco de trás, presa com o cinto de segurança, havia uma cesta sobre um cobertor dobrado várias vezes.

— Um piquenique? — perguntei, sem conseguir esconder a surpresa e a alegria na voz.

Ele expirou, aliviado.

— É. Pode ser?

Eu me virei novamente no banco, quicando quando olhei para a frente.

— Veremos.

Shepley dirigiu até um pasto particular, ao sul da cidade. Estacionou numa entrada estreita de cascalho e saiu apenas para destrancar o portão e abri-lo. O motor do Charger rosnava enquanto ele dirigia sobre duas linhas paralelas de terra, no meio de hectares de grama alta.

— Você já veio tanto aqui que criou um caminho de terra, né?

— Esse terreno é dos meus avós. Tem um lago lá embaixo, onde o Travis e eu vínhamos pescar direto.

— Vinham?

Ele deu de ombros.

— Somos os netos mais novos. Perdemos os dois casais de avós quando estávamos no fim do ensino fundamental. Depois disso, além de estarmos ocupados com os esportes e as aulas do ensino médio, parecia errado vir pescar aqui sem o nosso avô.

— Sinto muito — falei. Eu ainda tinha todos os meus avós e não conseguia imaginar perder nenhum deles. — Os dois casais? Você não quer dizer os *três* casais? — perguntei, pensando em voz alta. — Ai, meu Deus, desculpa. Fui grossa.

— Não, não... tudo bem. Já ouvi essa pergunta várias vezes. Nós somos primos em dobro. Nossos pais são irmãos, e nossas mães são irmãs. Esquisito, né?

— Não, na verdade é bem legal.

Depois que nos aproximamos de uma pequena colina, Shepley estacionou o Charger embaixo de uma árvore frondosa, a três metros de um lago com uns dois hectares. O calor do verão tinha ajudado a florescer as tifas e ninfeias, e a água estava linda, ondulando com a brisa leve.

Shepley abriu a porta, e eu desci na grama recém-cortada. Enquanto eu olhava ao redor, ele se abaixou no banco traseiro, reaparecendo com a cesta e uma colcha. Seus braços não tinham nenhuma tatuagem, bem diferente do primo, que tinha muitas. Eu me perguntei se havia alguma sob a camisa. E tive uma vontade súbita de tirar sua roupa para saber a resposta.

Ele estendeu a colcha multicolorida com um sacolejo, e ela caiu com perfeição no solo.

— Que foi? — perguntou ele. — É...?

— Não, este lugar é incrível. Só estou... Essa colcha é tão linda. Acho que eu não devia sentar nela. Parece novinha. — O tecido ainda tinha cores vivas e marcas de dobrado.

Shepley inflou o peito.

— Minha mãe que fez. Ela já fez muitas dessas. Essa ela me deu quando eu me formei. É uma réplica. — Seu rosto ficou vermelho.

— Do quê?

Assim que perguntei, ele fez uma careta.

Tentei não sorrir.

— É uma versão maior do seu cobertorzinho de infância, né?

Ele fechou os olhos e fez que sim com a cabeça.

— É.

Sentei na colcha e cruzei as pernas, dando um tapinha no espaço ao meu lado.

— Vem cá.

— Não sei se consigo. Acho que acabei de morrer de vergonha.

Olhei para ele, semicerrando um dos olhos por causa do raio de sol que escapava por entre as folhas da árvore acima.

— Eu também tenho um cobertorzinho de infância. O Murfin fica no meu quarto do dormitório, embaixo do travesseiro.

Seus ombros relaxaram e ele sentou, colocando a cesta diante de si.

— Cobe.

— Cobe?

— Acho que eu tentava falar "coberta", que acabou virando Cobe.

Sorri.

— Gostei de você não ter mentido.

Ele deu de ombros, ainda envergonhado.

— Não sou muito bom nisso, de qualquer maneira.

Eu me aproximei, cutucando o ombro dele com o meu.

— Também gostei disso.

Shepley ficou radiante e abriu a cesta, pegando um prato com queijos e biscoitos salgados, uma garrafa de zinfandel e duas taças plásticas de champanhe.

Abafei uma risada, e Shepley soltou um risinho.

— Que foi? — perguntou.

— É que... esse é o encontro mais fofo que eu já tive.

Ele serviu o vinho.

— Isso é bom?

Espalhei o queijo brie num biscoito e mordi, fazendo que sim com a cabeça, depois tomei um gole de vinho.

— Você definitivamente ganhou A pelo esforço.

— Que bom. Mas não quero ser tão fofo a ponto de virar amigo — disse ele, quase que para si mesmo.

Lambi o biscoito e o vinho dos lábios, olhando para os dele. O clima entre nós mudou. Ficou mais pesado... elétrico. Eu me inclinei em direção a ele, e Shepley fracassou na tentativa de esconder a surpresa e a empolgação em seus olhos.

— Posso te beijar? — perguntei.

Suas sobrancelhas dispararam para cima.

— Você quer... você quer me beijar? — Ele olhou ao redor. — Agora?

— Por que não?

Ele piscou.

— É só que... hum... uma garota nunca...

— Estou te deixando desconfortável?

Ele balançou a cabeça rapidamente.

— Isso definitivamente não é o que estou sentindo agora.

Ele envolveu meu rosto com as mãos e me puxou sem hesitar. Abri a boca de imediato, saboreando a umidade do interior de seus lábios. Sua língua era macia e quente e tinha gosto de hortelã.

Gemi, e ele se afastou.

— Vamos, hum... Eu fiz uns sanduíches. Você prefere presunto ou peito de peru?

Levei a mão aos lábios, sorrindo, depois forcei um rosto sério. Shepley parecia totalmente perturbado, no melhor sentido possível. Ele me entregou um quadrado embrulhado em papel-manteiga, e eu abri um canto com cuidado, puxando até ver o pão branco.

— Graças a Deus — falei. — Pão branco é o melhor!

— Não é? Não suporto pão integral.

— Que se danem os descolorantes e as calorias!

Abri o papel e saboreei o sanduíche cuidadosamente preparado de peito de peru, queijo suíço, alface e tomate, além de algo que tinha cheiro de molho ranch apimentado. Olhei para Shepley, horrorizada.

— Ai, meu Deus.

Ele parou de mastigar e engoliu.

— Que foi?

— Tomate?

Seus olhos se encheram de pavor.

— Merda. Você é alérgica? — Ele olhou freneticamente ao redor. — Você tem um antialérgico aí? Ou é melhor eu te levar pro hospital?

Caí para trás, engasgando e segurando a garganta.

Shepley pairou sobre mim, sem saber onde encostar ou como me ajudar.

— Merda. Merda! O que eu faço agora?

Agarrei sua camisa e o puxei, me concentrando em falar. Finalmente, as palavras saíram.

— Boca a boca — sussurrei.

Ele ficou tenso, depois todos os seus músculos relaxaram.

— Você está me zoando?

E se sentou enquanto eu caía na gargalhada.

— Meu Deus, Mare, eu quase surtei!

Minha risadinha morreu, e eu sorri para ele.

— Minha melhor amiga me chama de Mare.

Ele suspirou.

— Pronto, vou virar amigo...

Levantei a mão acima da cabeça, enrolando no dedo alguns fios do meu cabelo comprido, sentindo a grama fria sob o braço.

— Melhor afastar essa possibilidade com um gesto de carinho mais agressivo.

Ele ergueu uma sobrancelha.

— Não sei se consigo dar conta de você.

— Você só vai saber se tentar.

Shepley se ancorou com os braços nas minhas laterais, depois se abaixou, encostando os lábios nos meus. Levei as mãos para baixo, puxando minha saia, e sorri quando a bainha ficou acima dos joelhos. Seus lábios trabalhavam nos meus enquanto ele se posicionava entre as minhas pernas, num movimento suave.

Suas mãos eram tão agradáveis na minha pele que meus quadris se mexeram em reação. Ele colocou a mão atrás do meu joelho, puxando-o até sua cintura.

— Puta merda — disse ele nos meus lábios.

Eu o puxei para mais perto. A dureza atrás de seu zíper fazia pressão contra mim, e eu gemi, sentindo o jeans na ponta dos dedos enquanto abria sua calça.

Quando coloquei a mão lá dentro, Shepley congelou.

— Eu não trouxe... Eu não estava esperando isso. Nem um pouco.

Com a mão livre, peguei um pequeno pacote na lateral do meu sutiã tomara que caia.

— Quer uma dessas?

Shepley olhou para o quadrado de alumínio na minha mão, e sua expressão mudou. Ele recuou e se apoiou sobre os joelhos, me observando, enquanto eu me erguia nos cotovelos.

— Deixa eu adivinhar — falei, sentindo a acidez das minhas palavras. — Acabamos de nos conhecer. Eu sou sexualmente ousada e trouxe uma camisinha, então isso deve significar que sou uma vagabunda, o que te deixa totalmente desinteressado.

Ele franziu a testa.

— Pode falar. Fala o que você está pensando — comentei, provocando-o. — Pode mandar a real. Eu aguento.

— Essa garota é articulada, divertida e provavelmente a criatura mais linda que eu já vi na vida. Como foi que eu consegui estar aqui com ela? — Ele se inclinou para a frente, meio confuso, meio maravilhado. — E não tenho certeza se isso é um teste. — Ele olhou para os meus lábios. — Porque, pode acreditar, se for eu quero passar.

Sorri e o puxei para mais um beijo. Ele inclinou a cabeça, se aproximando com ansiedade.

Eu o segurei a poucos centímetros da minha boca.

— Eu posso ser rápida, mas gosto de beijos demorados.

— E eu posso te dar.

Os lábios de Shepley eram carnudos e macios. Ele exalava nervosismo e inexperiência, mas o modo como me beijava contava uma história diferente. Ele deu um beijinho na minha boca, se demorando um pouco antes de se afastar, depois me beijou de novo.

— É verdade o que dizem? — sussurrou. — Que garotas rápidas não costumam ficar por muito tempo?

— Essa é a questão de ser rápida. Você só sabe o que vai fazer quando faz.

Ele expirou.

— Só me faz um favor — disse, entre um beijo e outro. — Quando você estiver pronta pra ir embora, tenta me abandonar com calma.

— Você primeiro — sussurrei.

Ele me deitou de costas na colcha, terminando o que eu tinha começado.

1

Shepley

America parecia um anjo, pressionando o telefone no ouvido, as lágrimas escorrendo pelo seu rosto. Mesmo não sendo lágrimas de felicidade, ela não era nada menos que linda.

Ela digitou na tela e segurou o celular no espaço entre as pernas cruzadas. A grossa capa pink estava apoiada na cama formada por seus dedos elegantes e na saia longa verde-oliva, me lembrando do nosso primeiro encontro — que por acaso foi no primeiro dia em que nos encontramos... assim como outros "primeiros". Eu já a amara naquele dia, mas amava ainda mais agora, sete meses e um término depois, mesmo com o rosto manchado de rímel e os olhos injetados.

— Eles estão casados. — America soltou uma risada e secou o nariz.

— Eu ouvi. O Honda está no aeroporto, então? Posso te levar até lá e te seguir até o apartamento. Quando é que o voo deles chega?

Ela fungou, irritada consigo mesma.

— Por que estou chorando? O que há de errado comigo? Nem estou surpresa. Nada do que eles fazem me surpreende mais!

— Dois dias atrás, nós achamos que eles tinham morrido. Agora a Abby é esposa do Travis... e você acabou de conhecer os meus pais. Foi um fim de semana pesado, baby. Não se cobre demais.

Peguei sua mão e ela pareceu relaxar, mas não demorou muito para se enfurecer novamente.

— Agora você é parente dela — falou. — Eu sou só a amiga. Todo mundo é parente, menos eu. Sou só uma estranha.

Envolvi o braço no pescoço dela e a puxei para o meu peito, beijando seu cabelo.

— Você vai ser parte da família em breve.

Ela me empurrou para longe, com mais um pensamento incômodo flutuando em sua cabecinha linda.

— Eles acabaram de se casar, Shep.

— E daí?

— Pensa bem. Eles não vão querer dividir o apartamento.

Minhas sobrancelhas se aproximaram. *Que merda vou fazer agora?* Assim que a resposta pipocou em minha mente, sorri.

— Mare.

— Quê?

— A gente devia alugar um apartamento.

Ela balançou a cabeça.

— Já falamos sobre isso.

— Eu sei, mas quero falar de novo. O Travis e a Abby terem se casado é a desculpa perfeita.

— Sério?

Fiz que sim com a cabeça.

Observei, paciente, enquanto as possibilidades nadavam em seus olhos, os cantos da sua boca se curvando cada vez mais para cima a cada segundo.

— É tão empolgante pensar nisso, mas, na realidade...

— Vai ser perfeito — falei.

— A Deana vai me odiar ainda mais.

— A minha mãe não te odeia.

Ela me olhou, hesitante.

— Tem certeza?

— Eu conheço a minha mãe. Ela gosta de você. Muito.

— Então vamos nessa.

Fiquei parado por um instante, sem acreditar, depois estendi a mão para ela. Aquilo já era surreal — o fato de que ela estivera o fim de semana inteiro na casa onde cresci, e agora estava sentada na minha cama. Desde o dia em que nos conhecemos, senti como se a realidade tivesse sido alterada. Milagres como America simplesmente não aconteciam comigo. Não apenas meu passado e meu presente inacreditável tinham se entrelaçado, mas America Mason tinha acabado de concordar em dar o próximo passo comigo. Chamar de "um grande fim de semana" seria eufemismo.

— Vou ter que arrumar um emprego — falei, tentando recuperar o fôlego. — Tenho um pouco de dinheiro guardado das lutas, mas, por causa do incêndio, acho que nenhuma luta vai acontecer agora, se é que vão voltar a acontecer um dia.

America balançou a cabeça.

— De qualquer maneira, eu não ia querer que você fosse, depois do que aconteceu naquela noite. É perigoso demais, Shep. Vamos ter vários enterros pelas próximas semanas.

Como uma bomba, suas palavras roubaram toda a empolgação da conversa.

— Não quero pensar nisso.

— Você não tem reunião da fraternidade amanhã?

Fiz que sim com a cabeça.

— Vamos arrecadar dinheiro pras famílias e fazer alguma coisa na fraternidade em homenagem ao Derek, ao Spencer e ao Royce. Ainda não consigo acreditar que eles morreram. Acho que ainda não caiu a ficha.

America mordeu o lábio e colocou a mão sobre a minha.

— Fico tão feliz porque você não estava lá. — Ela balançou a cabeça. — Pode ser egoísta da minha parte, mas só consigo pensar nisso.

— Não é egoísta. Eu pensei a mesma coisa em relação a você. Se o meu pai não tivesse insistido pra eu te trazer aqui esta semana... a gente podia estar lá, Mare.

— Mas não estávamos. Estamos aqui. O Travis e a Abby se casaram, e nós dois vamos morar juntos. Quero pensar em coisas boas.

Comecei a fazer uma pergunta, mas hesitei.

— Que foi?

Balancei a cabeça.

— Fala.

— Você sabe como o Travis e a Abby são. E se eles se separarem? O que vai acontecer com nós dois?

— Provavelmente vamos deixar um deles dormir no nosso sofá e ouvir os dois discutindo na nossa sala até eles voltarem.

— Você acha que eles vão ficar juntos?

— Acho que vai ser meio instável por um tempo. Eles são... imprevisíveis. Mas a Abby está diferente com o Travis, e ele definitivamente está diferente com ela. Acho que eles precisam um do outro, de um jeito bem verdadeiro. Entende o que eu quero dizer?

Sorri.

— Entendo.

Ela olhou ao redor do meu quarto, pousando os olhos nos meus troféus de beisebol e numa foto dos meus primos comigo quando eu tinha uns onze anos.

— Eles te davam muitas surras? — perguntou ela. — Você era o primo mais novo dos irmãos Maddox. Isso devia ser... maluco.

— Não — falei simplesmente. — Éramos mais como irmãos do que como primos. Eu era o mais novo, por isso eles me protegiam. O Thomas meio que tratava o Travis e eu como bebês. O Travis sempre nos metia em encrenca, e a culpa sempre caía nele. Eu era o pacifista, eu acho, sempre pedindo clemência. — Ri com as lembranças.

— Em algum momento, vou ter que perguntar sobre isso pra sua mãe.

— Isso o quê?

— Como foi que ela e a Diane acabaram com o Jack e o Jim.

— Meu pai diz que aconteceu com muita tática — falei, dando uma risadinha. — Minha mãe diz que foi um desastre.

— Parece com a gente... O Travis e a Abby, e você e eu. — Seus olhos brilharam.

Um ano depois de eu ter me mudado, meu quarto estava quase igual. Meu antigo computador ainda estava acumulando poeira na pequena mesa de madeira no canto, os mesmos livros estavam nas prateleiras, e duas fotos constrangedoras da formatura eram mantidas em porta-

-retratos baratos sobre a mesa de cabeceira. Os únicos objetos que faltavam eram as fotos e as notícias emolduradas da minha época de futebol americano, que costumavam ficar penduradas nas paredes cinza. O ensino médio parecia que tinha sido um século atrás. Toda a vida sem America parecia um universo alternativo. Tanto o incêndio quanto o casamento de Travis tinham solidificado ainda mais meus sentimentos por ela.

Fui tomado por um calor que só aparecia quando ela estava por perto.

— Então, acho que isso significa que nós somos os próximos — falei sem pensar.

— Os próximos pra quê? — A súbita compreensão fez suas sobrancelhas se erguerem, e ela se levantou. — Shepley Walker Maddox, faça o favor de guardar a aliança pra você. Não estou nem perto de me sentir preparada pra isso. Vamos só brincar de casinha e ser felizes, tudo bem?

— Tudo bem — concordei, levantando as mãos. — Eu não quis dizer *em breve*. Só disse *os próximos*.

Ela se sentou.

— Tudo bem. Só pra esclarecer, eu tenho o segundo casamento do Travis e da Abby pra planejar e não tenho tempo pra outro.

— Segundo casamento?

— Ela me deve uma. Muito tempo atrás, fizemos a promessa de que uma seria a madrinha da outra. Ela vai ter uma despedida de solteira de verdade, um casamento de verdade, e vai me deixar planejar tudo — disse ela, sem uma única insinuação de sorriso nos lábios.

— Entendi.

Ela jogou os braços ao redor do meu pescoço, seu cabelo me sufocando. Enterrei o rosto ainda mais em seus cachos loiros, aceitando a falta de ar, se fosse para ficar perto dela.

— Seu quarto é muito limpo. Tanto esse como o do apartamento — sussurrou ela. — Eu não sou maníaca por limpeza.

— Eu sei.

— Você pode enjoar de mim.

— Impossível.

— Você vai me amar pra sempre?

— Por mais tempo que isso.

Ela me abraçou com força, soltando um suspiro feliz, do tipo que eu batalhava muito para conseguir, porque me deixava radiante. Seus suspiros doces e felizes eram como o início do verão, como se qualquer coisa fosse possível, como se fosse meu superpoder.

— Shepley! — chamou minha mãe.

Recuei e peguei America pela mão, conduzindo-a para fora do quarto, pelo corredor e até a sala de estar do andar de baixo. Meus pais estavam sentados lá, juntos na namoradeira surrada, de mãos dadas. Aquele móvel tinha sido o primeiro que compraram juntos, e eles se recusavam a se livrar dele. O restante da casa era repleto de couro contemporâneo e design rústico moderno, mas eles passavam mais tempo no primeiro andar, no tecido floral azul da primeira namoradeira, que provocava coceiras.

— Vamos ter que dar uma saída rápida daqui a pouco, mãe. Voltamos pro jantar.

— Aonde vocês vão? — ela perguntou.

America e eu trocamos olhares.

— A Abby acabou de ligar. Ela quer que a gente passe no apartamento rapidinho — respondeu America.

Ela e Abby eram bem versadas na arte das meias-verdades improvisadas. Imaginei que Abby tinha ensinado para America depois que ela se mudou para Wichita. As duas precisaram dar muitas escapadas quando viajavam até Vegas sendo menores de idade, para Abby poder jogar e ajudar o pai fracassado a pagar as dívidas.

Meu pai se inclinou para a frente no assento.

— Você pode esperar um minuto? Precisamos fazer algumas perguntas.

— Só preciso pegar minha bolsa — disse America, saindo com delicadeza.

Minha mãe sorriu, mas eu franzi a testa.

— Qual é o problema?

— Senta, filho — disse meu pai, dando um tapinha na poltrona reclinável marrom, ao lado da namoradeira.

25

— Eu gosto dela — disse minha mãe. — Gosto muito mesmo. Ela é forte, decidida, e te ama do mesmo jeito.

— Espero que sim — falei.

— Ama, sim — disse minha mãe com um sorriso sagaz.

— Então... — comecei. — O que vocês querem me falar que não podia ser dito na frente dela?

Eles se entreolharam, e meu pai deu um tapinha no joelho da minha mãe.

— É ruim? — perguntei.

Eles se esforçaram para encontrar as palavras, respondendo sem falar.

— Tudo bem. É ruim em que nível?

— Tio Jim ligou — disse meu pai. — A polícia esteve na casa dele ontem à noite, fazendo perguntas sobre o Travis. Acham que ele é responsável pela luta no Keaton Hall. Você sabe alguma coisa sobre isso?

— Pode nos contar — disse minha mãe.

— Eu sei da luta — respondi. — Não foi a primeira. Mas o Travis não estava lá. Vocês estavam aqui quando eu liguei pra ele. O Travis estava no apartamento.

Meu pai se mexeu no assento.

— Ele não está no apartamento agora. Você sabe onde ele está? A Abby também sumiu.

— Tudo bem — falei simplesmente, sem querer responder nada.

Meu pai percebeu.

— Onde eles estão, filho?

— O Travis ainda não falou com o tio Jim, pai. Você não acha que devíamos dar uma chance a ele primeiro?

Ele pensou no argumento.

— Shepley... você tinha alguma coisa a ver com essas lutas?

— Estive em algumas. A maioria este ano.

— Mas não nessa — esclareceu minha mãe.

— Não, mãe, eu estava aqui.

— Foi isso que dissemos ao Jim — explicou meu pai. — E é isso que vamos dizer à polícia, se eles perguntarem.

— Você não saiu? Em nenhum momento da noite? — minha mãe questionou.

— Não. Recebi uma mensagem sobre a luta, mas o fim de semana era importante pra America, e eu nem respondi.

Minha mãe relaxou.

— Quando foi que o Travis saiu? E por quê? — perguntou meu pai.

— Pai — respondi, tentando manter a paciência —, o tio Jim vai te contar depois que o Travis falar com ele.

America espiou pela porta do meu quarto, e fiz um sinal para ela se juntar a nós.

— A gente precisa ir — disse ela.

Fiz que sim com a cabeça.

— Vocês voltam pro jantar? — perguntou minha mãe.

— Sim, senhora — respondeu America.

Eu a arrastei escada acima atrás de mim até o andar principal e porta afora.

— Pesquisei o voo deles — disse ela enquanto nos acomodávamos no Charger. — Mais duas horas.

— Então vamos chegar a Chicago bem na hora.

America se inclinou para beijar meu rosto.

— O Travis pode estar bem encrencado, não é?

— Não se eu puder ajudar.

— *Nós*, baby. Não se nós pudermos ajudar.

Olhei nos olhos dela.

Travis já tinha custado meu relacionamento com America uma vez. Eu o amava como a um irmão, mas não arriscaria novamente. Eu não podia deixar America proteger Travis e se encrencar com as autoridades, mesmo que ela quisesse.

— Mare, eu te amo por dizer isso, mas preciso que você fique de fora dessa.

Ela franziu o nariz, irritada.

— Uau.

— O Travis vai levar muita gente junto se cair. Não quero que você seja uma dessas pessoas.

— E você? Vai ser uma delas?

— Vou — respondi sem hesitar. — Mas você estava na casa dos meus pais o fim de semana todo. Você não sabe de nada. Entendeu?

— Shep...

— É sério — falei. Minha voz estava séria como nunca, e ela se recostou um pouco. — Promete.

— Eu... não posso te prometer isso. A Abby é como se fosse minha família. Eu faria qualquer coisa para protegê-la. Por proximidade, isso inclui o Travis. Estamos todos juntos nessa, Shepley. O Travis faria o mesmo por mim ou por você, e você sabe disso.

— É diferente.

— Não é. Nem um pouco.

Eu me inclinei para beijar seus lábios teimosos, que eu tanto amava, e virei a chave na ignição, dando partida no Charger.

— Eles podem dirigir o seu carro até em casa.

— Ah, não — disse ela, olhando furiosa pela janela. — Na última vez que pegaram meu carro emprestado, eles se casaram sem mim.

Dei uma risadinha.

— Me deixa no Honda. Eu levo os dois pra casa, e eles vão ouvir muito no caminho. E o Travis não vai escapar indo com você, então, se ele perguntar...

Balancei a cabeça, me divertindo.

— Eu não ousaria.

2

America

Sequei o suor que se acumulava acima dos meus lábios com uma das mãos, pressionando o topo do meu chapéu de aba larga com a outra. Do lado oposto das palmeiras e arbustos floridos de todas as cores vibrantes imagináveis, estavam Taylor e Falyn, sentados a uma mesa no Bleuwater.

Tirei meus enormes óculos de sol pretos e semicerrei os olhos, observando os dois discutirem. O segundo casamento na ilha perfeita tinha levado quase o ano todo para planejar, e os irmãos Maddox estavam estragando tudo.

— Jesus — suspirei. — O que foi agora?

Shepley segurou minha mão, olhando na mesma direção até ver o problema.

— Ah. Eles não parecem nem um pouco felizes.

— O Thomas e a Liis também estão brigando. Os únicos que estão se entendendo são o Trent e a Cami e o Tyler e a Ellie, mas a Ellie nunca fica com raiva.

— O Tyler e a Ellie não estão... juntos de verdade — disse Shepley.

— Por que todo mundo fica dizendo isso? Eles estão juntos. Só não admitem que estão juntos.

— É assim há muito tempo, Mare.

— Eu sei. Já chega.

Shepley me puxou para seu peito e se aninhou em meu pescoço.

— Você esqueceu da gente.

— Hein?

— Você esqueceu de falar da gente. Estamos nos entendendo bem.

Fiz uma pausa. Planejar, organizar e garantir que tudo fluísse com tranquilidade tinha me deixado ocupada. Tirando a recepção no Sails, eu mal tinha visto Shepley. Mas ele não reclamou nem uma vez.

Toquei no rosto dele.

— Nós sempre nos entendemos.

Ele me deu um meio sorriso.

— O Travis se casou duas vezes antes de todos nós.

— O Trenton não fica muito atrás.

— Você não sabe disso.

— Eles estão noivos, baby. Tenho quase certeza.

— Eles não marcaram a data.

Alisei minha saída de praia preta transparente e puxei Shepley em direção à praia.

— Você não aprova?

Ele deu de ombros.

— Não sei. É estranho. Ela namorou o Thomas antes. Isso não se faz.

— Bom, ela fez. E, se não tivesse feito, o Trent não estaria tão feliz. — Parei onde a faixa de areia terminava e apontei para a beira da água, onde alguns dos Maddox estavam reunidos.

Travis estava sentado numa espreguiçadeira branca de plástico, fumando um cigarro e encarando o mar. Trenton e Camille estavam em pé a poucos passos dele, observando-o com uma expressão preocupada.

Meu estômago afundou.

— Ah, não. Que merda.

— Deixa comigo — disse Shepley, soltando minha mão para ir até Travis.

— Dá um jeito nisso. Não importa o que você tenha que dizer ou fazer... simplesmente dá um jeito. Eles não podem brigar na lua de mel.

Shepley acenou para mim, avisando que estava tudo sob controle. Seus sapatos espalhavam areia enquanto ele andava com dificuldade até o primo. Travis parecia arrasado. Não consegui imaginar o que poderia ter acontecido entre o êxtase conjugal da noite anterior e esta manhã.

Shepley sentou com os pés plantados entre sua cadeira e a de Travis e entrelaçou as mãos. Travis não se mexeu. Nem olhou para Shepley, simplesmente ficou encarando a água.

— Isso é ruim — sussurrei.

— O que é ruim? — perguntou Abby, me assustando. — Nossa, está nervosa hoje? O que você está olhando? Cadê o Shep? — Ela esticou o pescoço para olhar para a praia atrás de mim. — Merda — sussurrou. — Isso parece ruim. Você e o Shepley estão brigando?

Girei nos calcanhares.

— Não. O Shepley foi descobrir o que há de errado com o Trav. Vocês não estão? Brigando, quero dizer?

Abby balançou a cabeça.

— Não. Tenho certeza que ninguém chamaria de "brigar" o que ele fez comigo a noite toda. Se engalfinhar, talvez...

— Ele te falou alguma coisa hoje de manhã?

— Ele saiu antes de eu acordar.

— Agora ele... está daquele jeito! — falei, apontando. — Que raio aconteceu?

— Por que você está gritando?

— Não estou gritando! — Respirei. — Quer dizer... desculpa. Está todo mundo com raiva. Não quero pessoas irritadas neste casamento. Quero pessoas felizes.

— O casamento já acabou, Mare — disse Abby, dando um tapinha nas minhas costas quando passou. Em seguida caminhou até a praia.

O casamento a deixara confiante, mais calma e mais lenta para reagir quando alguma coisa estava errada. Abby tinha a segurança de saber que, se os dois tinham um problema, resolveriam e sairiam dele ainda mais unidos. Travis, o Namorado, era imprevisível, mas Travis, o Marido, era o companheiro de equipe de Abby, a única família de verdade que ela tinha.

Eu quase conseguia ver o triunfo no modo como ela se movimentava ao se aproximar dele e de Shepley. Não importava o que estivesse errado,

Abby não estava com medo. Travis era invencível, assim como ela. Eles não tinham nada a temer.

Essa parte do casamento era atraente para mim, mas estar casada com um Maddox seria trabalhoso, e eu não tinha certeza se estava preparada para isso — mesmo que meu Maddox fosse Shepley.

No instante em que Abby se ajoelhou ao lado de Travis, ele jogou os braços ao redor dela e enterrou o rosto em seu pescoço. Shepley se levantou e deu alguns passos para trás, olhando para mim por um instante, antes de ver Abby fazer sua mágica.

— Bom dia, docinho — disse minha mãe, encostando em meu ombro. Virei para abraçá-la.

— Oi. Dormiu bem?

Ela olhou ao redor e suspirou. As rugas nos dois lados de sua boca se aprofundaram quando ela sorriu.

— Este lugar, America... Você fez um trabalho muito bom.

— Bom demais — provocou meu pai.

— Mark, para — disse minha mãe, cutucando-o com o cotovelo. — Ela já disse que não está com pressa. Deixe a menina em paz. — E olhou para mim. — Nosso brunch ainda está de pé?

— Ãhã — respondi, distraída, vendo Travis abraçar Abby na praia. Mordi o lábio. Pelo menos eles não estavam brigando, ou talvez estivessem fazendo as pazes.

— Que foi? — perguntou meu pai. Ele olhou na mesma direção que eu e viu Travis e Abby de imediato. — Meu bom Deus, eles não estão discutindo, né?

— Não. Está tudo bem — garanti.

— O Travis não atacou nenhum universitário de férias por encarar a esposa dele, né?

— Não. — Dei uma risadinha. — O Travis está mais calmo... um pouco.

— A Abby está com aquela cara, Pam — disse meu pai.

— Não está, não — soltei, mais para mim do que para ele.

— Tem razão — disse minha mãe. — Definitivamente é aquela cara.

Eles estavam falando da cara de paisagem da Abby. Nenhum desconhecido daria importância, mas nós sabíamos o que significava.

Virei para eles com um sorriso forçado.

— Reservei mesa para seis. Acho que o Jack e a Deana já estão indo naquela direção. Vou pegar o Shepley e encontramos vocês lá.

Minha mãe piscou e fingiu que não sabia que eu estava tentando me livrar deles, como em todas as vezes em que eles ignoraram a cara de paisagem da Abby quando éramos pegas na mentira. Meus pais não eram burros, mas também não eram tradicionais, no sentido de que, desde que estivéssemos em segurança, eles nos permitiam cometer erros. O que eles não sabiam era que esses erros eram cometidos em Las Vegas.

— America — disse minha mãe, e seu tom me alertou para algo mais sério do que a cena na praia. — Temos uma ideia do motivo desse brunch.

— Não têm, não — comecei.

Ela levantou a mão.

— Antes que você deixe todo mundo desconfortável à mesa, seu pai e eu já discutimos o assunto, e nossos sentimentos não mudaram.

Minha boca se abriu, e minhas palavras se atropelaram antes de eu conseguir formar uma frase coerente.

— Mãe, por favor, só escuta a gente.

— Você ainda tem dois anos — disse ela.

— É um apartamento maravilhoso. É perto do campus... — falei.

— Os estudos nunca foram fáceis pra você — interpelou minha mãe.

— O Shepley e eu estudamos o tempo todo. Estou com média três ponto zero.

— Por pouco — disse minha mãe, com tristeza no olhar.

Ela odiava me dizer "não", mas fazia isso quando era importante, o que dificultava muito os meus argumentos.

— Mãe...

— America, a resposta é não. — Meu pai balançou a cabeça, levantando as mãos, com as palmas para a frente. — Não vamos ser fiadores de um apartamento com o seu namorado, e não achamos que você conseguiria manter notas satisfatórias e trabalhar horas suficientes para pagar o aluguel, ainda que só metade. Não sabemos a opinião dos pais do Shepley, mas não podemos concordar com isso. Ainda não.

Meus ombros caíram. Fazia semanas que Shepley vinha preparando um discurso com argumentos calmos e sólidos. Ele ficaria arrasado — de novo —, do mesmo jeito que da última vez, quando anunciamos que íamos morar juntos e fomos impedidos.

— Pai — choraminguei, num esforço desesperado.

Ele não se comoveu.

— Me desculpe, docinho. Acho melhor vocês não tocarem no assunto durante o brunch. É o nosso último dia. Vamos apenas...

— Entendi. Tudo bem — falei.

Os dois me abraçaram e foram em direção ao restaurante. Pressionei os lábios, tentando descobrir um jeito de dar a notícia para Shepley. Nosso plano tinha ido por água abaixo antes mesmo de o apresentarmos aos nossos pais.

Shepley

— *Merda* — *sussurrei*.

A conversa de America com os pais não pareceu agradável e, quando eles se afastaram e ela olhou para mim, eu já sabia o que tinha acontecido.

— Trav, olha pra mim — disse Abby, levantando o queixo dele até seus olhos focarem os dela.

— Não posso te contar. Essa é a única verdade que posso dizer.

Abby colocou as mãos na cintura e mordeu os lábios fechados, vasculhando o horizonte.

— Você pode pelo menos me dizer por que não pode me contar? — Ela olhou para ele com os grandes olhos acinzentados.

— O Thomas me pediu para não contar, e, se eu falar alguma coisa... não vamos poder ficar juntos.

— Só me responde isso — disse Abby. — Tem a ver com outra mulher?

A confusão e, depois, o pavor se refletiram nos olhos de Travis, e ele a abraçou de novo.

— Meu Deus, baby, não. Por que você acharia isso?

Abby o abraçou, apoiando o queixo no ombro dele.

— Se não é outra pessoa, eu confio em você. Simplesmente não vou ficar sabendo.

— Sério? — ele perguntou.

— Travis, qual é o problema afinal? — perguntei.

Ele franziu o cenho para mim.

— Shep — disse Abby —, é um assunto entre o Thomas e o Travis.

Fiz que sim com a cabeça. Se ele não contou para ela, não contaria para mim.

— Tudo bem. — Dei um soco de brincadeira no ombro de Travis com a lateral do punho. — Está se sentindo melhor? A Abby está de boa com a situação.

— Eu não diria isso — ela comentou. — Mas vou respeitar. Por enquanto.

Um sorriso cuidadoso se espalhou pelo rosto de Travis, e ele estendeu a mão para a esposa.

— Oi — disse America. — Tudo bem por aqui?

— Estamos bem — disse Abby, sorrindo para Travis.

Ele simplesmente fez que sim com a cabeça.

America olhou para mim, com a brisa do oceano soprando mechas grossas de seu cabelo loiro no rosto.

— Podemos conversar?

Minhas sobrancelhas se aproximaram, e ela se encolheu.

— Não me olha desse jeito — disse.

Travis e Abby foram caminhar pela praia, nos deixando sozinhos.

— Eu vi você com os seus pais. Parecia uma conversa tensa.

— É, não foi agradável. Eles sabiam o motivo de termos armado o brunch com eles e os seus pais. Me pediram pra não tocar no assunto.

— Você está falando de morarmos juntos? — perguntei, o corpo todo ficando tenso.

35

— É.

— Mas... eles nem ouviram o que tínhamos a dizer. Eu tenho argumentos.

— Eu sei. Mas eles estão concentrados nas minhas notas e acham que eu não vou ser capaz de trabalhar e manter o três ponto zero.

— Baby, eu te ajudo.

— Eu sei. Mas... eles estão certos. Se eu não tiver muito tempo pra estudar, não vai fazer diferença quanto você me ajuda.

Tínhamos escolhido um apartamento. Eu já tinha dado uma parte do dinheiro para reservá-lo.

Franzi a testa.

— Tudo bem, então eu sustento a gente. Tranco a matrícula da faculdade, se for preciso.

— O quê? Não! Essa é uma péssima ideia.

Segurei seus braços miúdos.

— Mare, nós somos adultos. Podemos morar juntos, se quisermos.

— Meus pais não vão me apoiar se eu morar com você. Eles disseram isso, Shep. Eles não vão me ajudar com as mensalidades, nem com os livros, nem com as despesas de casa. Eles acham que é a decisão errada.

— Eles estão enganados.

— Você está falando em desistir da faculdade. Estou começando a achar que eles estão certos.

Meu coração disparou. Aquilo parecia o começo do fim. Se America não estava interessada em morar comigo, talvez estivesse perdendo o interesse em mim.

— Casa comigo — soltei.

Ela franziu o nariz.

— Como é?

— Eles não podem falar nada se estivermos casados.

— Isso não muda os fatos. Eu ainda vou ter que trabalhar, e minhas notas vão cair.

— Já falei. Eu sustento a gente.

— Largando a faculdade? Não. Isso é idiotice, Shep. Para.

— Se o Travis e a Abby conseguem...

— Não somos o Travis e a Abby. Nós definitivamente não vamos nos casar pra resolver um problema, como eles fizeram.

Senti minhas veias incharem de raiva, a pressão fazendo o sangue ferver no rosto e se comprimir atrás dos olhos. Eu me afastei dela, cruzando as mãos no topo da cabeça, desejando que o temperamento dos Maddox se acalmasse. As ondas batiam na praia, e eu ouvia Trenton e Camille conversando de um lado e Travis e Abby do outro.

Crianças com suas famílias e casais jovens e idosos começavam a sair de seus quartos. Estávamos cercados de pessoas bem resolvidas. America e eu estávamos juntos há mais tempo que Travis e Abby e Trent e Camille. Eles estavam casados ou noivos, e America e eu nem conseguíamos dar o próximo passo.

Atrás de mim, America deslizou os braços sob os meus, entrelaçando os dedos na minha cintura, pressionando o rosto e os seios nas minhas costas. Inclinei a cabeça para o céu. Eu amava quando ela fazia isso.

— Não tem pressa, baby — ela sussurrou. — Vai acontecer. Só precisamos ter paciência.

— Então... nada de falar no assunto durante o brunch.

Ela se remexeu, tentando balançar a cabeça nas minhas costas.

Soltei um suspiro profundo.

— Merda.

3

America

— Feliz aniversário de casamento — cantarolei, dando a Abby um cartão e uma caixinha branca com uma fita azul.

Ela olhou para o relógio e secou os olhos.

— Gostei muito mais do nosso primeiro aniversário de casamento.

— Provavelmente porque eu planejei, estávamos em Saint Thomas e foi tudo perfeito.

Abby me lançou um olhar.

— Ou porque o Travis estava presente — falei, tentando manter o ódio longe da voz.

Travis estava viajando muito a trabalho e, apesar de Abby parecer entender, eu certamente não entendia. Ele trabalhava como personal trainer em meio expediente depois das aulas, mas, em algum momento, o proprietário pediu que ele começasse a viajar para fazer umas vendas ou... Eu não sabia muito bem. Era um salário muito melhor, mas sempre era de última hora, e ele nunca recusava.

— Não me olhe assim, Mare. Ele está a caminho. Não é culpa dele que o voo atrasou.

— Ele poderia *não* ter viajado pro outro lado do país tão perto do aniversário de casamento de vocês. Para de defender o Travis. Isso é irritante.

— Pra quem?

— Pra mim! A pessoa que tem que ver você chorando com o cartão de aniversário de casamento que ele escreveu antes de viajar porque sabia que havia uma grande possibilidade de ele não estar presente. Ele devia estar aqui!

Abby fungou e suspirou.

— Ele não queria perder a data, Mare. Ele está mal por causa disso. Não piore as coisas.

— Tá bom — falei. — Mas não vou te deixar aqui sozinha. Vou ficar até ele chegar.

Abby me abraçou, e eu apoiei o queixo no ombro dela, olhando ao redor do apartamento mal iluminado. Parecia muito diferente de quando entrei ali pela primeira vez, no nosso primeiro ano de faculdade. Travis tinha insistido que Abby o transformasse em seu lar depois que Shepley saiu de lá, pouco depois de eles se casarem. Em vez de placas de rua e pôsteres de cerveja, as paredes estavam enfeitadas com quadros, fotos do casamento e deles com o Totó. Havia luminárias, mesinhas e objetos de cerâmica.

Virei para olhar os pratos cheios de comida fria sobre a pequena mesa de jantar. A vela tinha queimado até o fim e se transformado em gotas secas de cera, que quase chegavam até a madeira de demolição.

— O jantar está com um cheiro ótimo. Vou fazer questão de mencionar isso.

Shepley me mandou uma mensagem, e eu digitei uma resposta rápida.

— Shep? — indagou Abby.

— É. Ele achou que eu já estaria em casa a essa hora.

— Como estão as coisas?

— Ele é maníaco por limpeza, Abby. Como você acha que estão as coisas? — comentei, indignada.

— Vocês dois ficaram putos da vida quando seus pais disseram que vocês não podiam morar juntos. Ficaram emburrados no dormitório durante um ano e meio. Agora que eles finalmente cederam, você está odiando.

— Não estou odiando. Só estou com medo de ele me odiar.

— Já faz quase três anos, Mare. Se fosse possível o Shepley fazer qualquer coisa além de te idolatrar, duvido que o problema seria um par de meias sujas.

Puxei os joelhos até o peito, quase desejando que fosse ele nos meus braços. Às vezes eu me perguntava quando estar perto de Shepley ou até mesmo pensar nele me faria parar de sentir tanta coisa, mas o tempo só deixou meus sentimentos ainda mais fortes.

— A gente se forma no próximo verão, Abby. Dá pra acreditar?

— Não. Vamos ter que virar adultos de verdade.

— Você é adulta desde criança.

— Verdade.

— Eu fico pensando que ele vai me pedir em casamento.

Abby arqueou uma sobrancelha.

— Quando ele diz o meu nome de um jeito especial, ou vamos a um restaurante chique, acho que vai ser naquele momento, mas ele nunca faz o pedido.

— Ele já te pediu em casamento, Mare, lembra? Você disse não. Duas vezes.

Eu me encolhi, lembrando aquela manhã na praia e alguns meses depois, com a luz da vela reluzindo nos olhos dele, o macarrão feito em casa e a decepção suprema estampada em seu rosto.

— Mas isso foi no ano passado.

— Você acha que perdeu a chance, né? Que ele nunca mais vai ter coragem de te pedir. — Como não respondi, ela continuou: — Por que você não pede o Shepley em casamento?

— Porque eu sei que, para ele, é importante ele me pedir.

Pedi-lo em casamento já tinha me passado pela cabeça, mas me lembrei do que ele dissera quando a Abby pediu o Travis em casamento. Isso o incomodou quase tanto quanto a percepção de que seus sentimentos sobre o assunto eram tão tradicionais. Shepley sentia que era dever dele, como homem, fazer o pedido. O que eu não tinha imaginado era que, se eu não estivesse preparada quando ele fizesse o pedido, ele nunca mais pediria.

— Você quer que ele faça isso? Te peça de novo?

— Claro que sim. A gente não precisa casar imediatamente, certo?

— Certo. Então por que você está com pressa de ficar noiva? — perguntou ela.

— Não sei. Ele parece entediado.

— Entediado? Com você? Ele não acabou de mandar uma mensagem pra saber de você?

— É, mas...

— Você está entediada?

— *Entediado* não é a palavra certa. Ele não está confortável. Estamos estagnados, e eu percebo que ele não gosta disso.

— Talvez ele esteja esperando você dar um sinal de que está preparada.

— Tenho dado sinais pra todo lado, fora mencionar o Famoso Não da America. Temos um acordo implícito de não tocar no assunto.

— Talvez você devesse falar pra ele que está preparada quando ele estiver pronto para fazer o pedido de novo.

— E se ele não estiver preparado?

Abby fez uma careta.

— Mare, estamos falando do Shep. Ele provavelmente está se esforçando para não fazer o pedido todo dia.

Suspirei.

— Bom, hoje a questão não sou eu. Estou aqui pra cuidar de você.

Ela fez uma careta.

— Eu quase esqueci.

A maçaneta se mexeu, e a porta se abriu violentamente.

— Beija-Flor? — Travis gritou. Sua expressão desabou quando ele viu a comida na mesa e depois olhou para nós duas sentadas no sofá.

Os olhos de Abby se iluminaram quando ele contornou o sofá correndo e se ajoelhou diante dela, envolvendo os braços em sua cintura e enterrando o rosto em seu colo.

Shepley estava parado na porta, sorrindo.

Olhei radiante para ele.

— Você sabe mesmo disfarçar, hein?

— Ele pegou um voo fretado. Fui buscá-lo no FPO aqui na cidade. — Ele fechou a porta ao entrar e deu uma risadinha, cruzando os braços. — Achei que ele ia ter um ataque do coração antes de chegarmos aqui.

Abby franziu o nariz.

— No FPO? Aquele aeroporto minúsculo perto da cidade? — Ela olhou para Travis. — Um voo fretado? Quanto custou?

Ele olhou para ela, balançando a cabeça.

— Não importa. Eu só precisava chegar aqui. — E olhou para mim. — Obrigado por ficar com ela, Mare.

Fiz que sim com a cabeça.

— Imagina. — Eu me levantei, sorrindo para Shepley. — Eu te sigo até em casa.

Ele abriu a porta.

— Você primeiro, baby.

Acenei para Travis e Abby — não que eles tenham percebido —, enquanto ele praticamente engolia o rosto dela.

Shepley pegou minha mão conforme descíamos a escada até nossos carros. O Charger brilhava como novo, estacionado ao lado do meu Honda vermelho, riscado e desbotado. Ele destrancou a porta, e o cheiro de fumaça atingiu meu nariz.

Acenei com a mão diante do rosto.

— Credo. Você ama tanto o seu carro, por que deixa o Travis fumar dentro dele?

Ele deu de ombros.

— Sei lá. Ele nunca me pediu.

Dei um sorriso forçado.

— O que o Travis faria se, um dia, você parasse de deixar ele fazer o que quer o tempo todo?

Shepley beijou o canto da minha boca.

— Não sei. O que você faria?

Pisquei.

Sua expressão se transformou em pavor.

42

— Ai, merda. Escapou. Não foi isso que eu quis dizer.

Apertei as chaves.

— Tudo bem. Te vejo em casa.

— Baby... — ele começou.

Mas eu já estava do outro lado do Honda.

Sentei no banco surrado do motorista do meu hatch dilapidado e dei partida, apesar de querer ficar sentada ali por um tempo e chorar. Shepley deu ré, e eu o segui.

Eu não sabia o que era pior — ouvir a verdade que escapou sem querer ou ver o pânico em seus olhos depois que ele falou. Shepley se sentia um capacho em relação a todos que ele amava, inclusive eu.

❦

Shepley

Parei na vaga coberta ao lado do Honda de America e suspirei. O vo- lante gemeu enquanto os nós brancos dos meus dedos giravam de um lado para o outro. O olhar no rosto de America mais cedo, quando falei sem pensar, não era algo que eu já tivesse visto. Quando eu falava alguma coisa idiota, a raiva ficava evidente nos olhos dela. Mas eu não tinha deixado America com raiva. Isso era pior. Sem querer, eu a tinha magoado profundamente

Morávamos a três prédios de distância de Travis e Abby. Nosso prédio tinha menos universitários e mais casais jovens e pequenas famílias. O estacionamento estava cheio, com os outros moradores já em casa e provavelmente na cama.

America saiu do carro. A porta gemeu quando ela a empurrou para fechar. Ela foi até a calçada, sem nenhuma emoção no rosto. Eu tinha aprendido a ficar calmo durante nossas discussões, mas ela era emotiva, e qualquer esforço para mascarar seus sentimentos nunca era algo bom.

Ter crescido com meus primos me dava muitos recursos para lidar com alguém obstinado como America, mas me apaixonar por uma mulher forte e autoconfiante às vezes exigia batalhar contra minhas próprias inseguranças e fraquezas.

Ela me esperou sair do Charger, e andamos juntos até nosso apartamento no subsolo. Ela estava calada, e isso só me deixava mais nervoso.

— Não tive tempo de lavar a louça antes de ir pra casa da Abby — disse, indo para a cozinha. Então contornou o balcão e congelou.

— Eu lavei antes de ir pegar o Travis.

Ela não virou.

— Mas eu disse que ia lavar.

Merda.

— Tudo bem, baby. Foi rapidinho.

— Então eu devia ter tido tempo de lavar antes de sair.

Merda!

— Não foi isso que eu quis dizer. Eu não me importo de lavar a louça.

— Nem eu, e foi por isso que eu disse que ia lavar. — Ela jogou a bolsa sobre o balcão e desapareceu no corredor.

Dava para ouvir seus passos entrando no nosso quarto, e a porta do banheiro batendo com força.

Sentei no sofá, cobrindo o rosto com as mãos. Nosso relacionamento não ia muito bem nos últimos meses. Eu não sabia se era porque ela não estava feliz de morar comigo ou não estava feliz *comigo.* De qualquer maneira, não era um bom presságio para o nosso futuro. Não havia nada que me apavorasse mais.

— Shep? — chamou uma voz no corredor.

Virei, observando America sair da escuridão para a sala de estar com iluminação fraca.

— Você está certo. Eu sou dominadora e espero que você faça tudo o que eu quero. Quando você não faz, tenho um ataque de raiva. Não posso continuar fazendo isso com você.

Meu sangue gelou. Quando ela sentou ao meu lado, instintivamente me afastei, com medo da dor que ela provocaria em mim quando dissesse as palavras que eu mais temia.

— Mare, eu te amo. O que quer que você esteja pensando, pare.

— Desculpa — ela começou.

— Para, droga!

— Eu vou ser melhor — continuou ela, com lágrimas nos olhos. — Você não merece isso.

— Espera. O quê?

— Você me ouviu — disse ela, parecendo envergonhada.

Ela desapareceu de novo no corredor, e eu me levantei e a segui. Abri a porta do nosso quarto escuro. Apenas uma faixa de luz escapava do banheiro, revelando a cama feita e as mesas de cabeceira repletas de revistas de fofoca, livros e fotos nossas em preto e branco. America tirou a roupa, uma peça de cada vez, deixando cada uma como um rastro até o chuveiro, antes de abri-lo.

Eu a imaginei parada do lado de fora da cortina, estendendo a mão para dentro do chuveiro, as curvas suaves de seu corpo se mexendo lentamente a cada movimento. Minha calça jeans resistiu instantaneamente ao volume por trás do tecido. Levei a mão até lá e reajustei, andando até a porta emoldurada pela luz fluorescente.

A porta gemeu quando a empurrei. America já tinha entrado no boxe, mas eu ouvia a água escorrendo ruidosamente no chão da banheira.

— Mare? — falei. Meu pau estava me implorando para eu me despir e entrar no chuveiro atrás dela, mas eu sabia que ela não estaria no clima. — Eu não tive a intenção. O que eu disse mais cedo simplesmente escapou. Você não é autoritária. Você é teimosa, sincera e decidida, e eu amo todas essas coisas. Elas são parte do que faz com que você seja *você*.

— Está diferente. — Sua voz mal atravessava a cortina e o lamento da água correndo pelos canos.

— O que está diferente? — perguntei, imaginando imediatamente se era o sexo. Depois, amaldiçoei a voz de dezesseis anos na minha cabeça que tinha inventado essa estupidez infantil.

— Você está diferente. *Nós* estamos diferentes.

Suspirei, deixando a cabeça cair para a frente. A conversa estava piorando em vez de melhorar.

— Isso é ruim?

— Acho que sim.

— Como eu posso consertar?

America me espiou por trás da cortina, com apenas um dos lindos olhos cor de esmeralda. A água escorria por sua testa e nariz, pingando na ponta.

— Nós estamos morando juntos.

Engoli em seco.

— Você está infeliz?

Ela balançou a cabeça, mas isso só aliviou parcialmente minha ansiedade.

— Você está.

— Mare — sussurrei. — Não estou, não. Nada em relação a estar com você poderia me deixar infeliz.

Seu olho ficou instantaneamente vidrado e ela o fechou, fazendo as lágrimas salgadas se misturarem à água que escorria pelo seu rosto.

— Dá pra ver. Dá pra perceber. Só não sei por quê.

Puxei a cortina para o lado e ela recuou o máximo que pôde, me observando colocar um pé lá dentro e depois o outro, apesar de eu ainda estar totalmente vestido.

— O que você está fazendo? — ela perguntou.

Envolvi os braços ao seu redor, sentindo a água escorrer no alto da minha cabeça, encharcando minha camisa.

— Onde quer que você esteja, eu vou estar com você. Não quero estar em nenhum lugar onde você não esteja.

Eu a beijei, e ela choramingou nos meus braços. Não era característico dela mostrar seu lado mais frágil. Normalmente, quando estava magoada ou triste, ela ficava brava.

— Não sei por que as coisas estão diferentes, mas eu te amo do mesmo jeito. Na verdade, ainda mais.

— Então por que... — Ela deixou a voz desaparecer, perdendo a coragem.

— Por que o quê?

Ela balançou a cabeça.

— Desculpa pela louça.

— Baby — falei, colocando o dedo sob seu queixo e levantando-o delicadamente, até ela olhar para mim. — Foda-se a louça.

America levantou minha camisa e a tirou, deixando-a cair no chão com um barulho. Depois, desabotoou meu cinto enquanto sua língua passeava pelo meu pescoço. Ela já estava nua, então não havia nada para eu fazer além de deixá-la me despir. O que era estranhamente excitante.

Assim que meu zíper se abriu, America se ajoelhou à minha frente e tirou minha calça. Chutei os tênis, e ela os jogou para fora da banheira antes de fazer a mesma coisa com meu jeans. Ela levou a mão para cima, curvando os dedos até eles estarem entre minha pele e o elástico da cueca, deslizando-a para baixo e por cima da minha ereção. Assim que a cueca caiu no piso do banheiro, ela colocou toda a minha extensão na boca, e tive que me firmar com as mãos na parede.

Gemi, conforme a sucção e a mão dela trabalhavam juntas para criar, possivelmente, a melhor sensação do mundo. Sua boca ávida era quente e úmida. Era a única boca que me dava vontade de beijar e foder ao mesmo tempo. Por um instante passageiro, a ideia de ela ter resolvido me chupar para mudar de assunto surgiu na minha cabeça, mas era difícil argumentar com ela, se fosse isso. Sexo com America era um dos meus assuntos preferidos.

Sua mão livre subiu para acariciar minhas bolas, e isso quase me levou ao limite.

— Preciso te comer — falei.

Ela não respondeu, e eu a coloquei de pé e levantei seu joelho até meu quadril.

Ela segurou meu rosto e me puxou até sua boca, e eu me posicionei, decidindo, naquele instante, descê-la até meu pau — devagar, porque ela já tinha me deixado no ponto. Levantei sua outra perna. Assim que me mexi para me posicionar, escorreguei. America soltou um gritinho enquanto eu estendia a mão, procurando alguma coisa para nos salvar, depois decidi aceitar o tombo. A cortina de nylon rasgou das argolas, só nos dando meio segundo antes de minhas costas baterem no chão.

Gemi e olhei para America, com o cabelo pingando e os olhos fechados. Um olho cor de jade se abriu, depois o outro.

— Minha nossa, você está bem? — perguntei.

— Você está?

Soltei uma risada.

— Acho que sim.

Ela cobriu a boca e começou a rir, fazendo uma gargalhada surgir da minha garganta e se espalhar pelo apartamento. Em pouco tempo, estávamos secando os olhos e tentando recuperar o fôlego.

As risadas desapareceram e ficamos ali no chão, com a água escorrendo da pele para o azulejo. Uma gota se formou no nariz de America e pingou no meu rosto. Ela a secou, seus olhos indo de um lado para o outro, esperando enquanto se perguntava o que eu diria a seguir.

— Estamos bem — falei baixinho. — Eu juro.

America sentou, e eu fiz o mesmo.

— Não precisamos fazer o que todo mundo está fazendo para sermos felizes, certo? — Sua voz tinha uma pontada de tristeza.

Engoli o nó que se formava em minha garganta. Não é que eu quisesse fazer o que todo mundo estava fazendo. Durante muito tempo, eu quis o que eles já tinham.

— Não — respondi. Pela primeira vez desde que nos conhecíamos, eu menti para America.

Eu estava com vergonha de admitir para ela que queria aquelas coisas — as alianças, os votos, a hipoteca, os filhos. Eu queria tudo aquilo. Mas era difícil demais dizer a uma garota não convencional que eu queria uma vida convencional com ela. A ideia de não querermos as mesmas coisas e o que isso significava me apavorava, então empurrei tudo para o fundo da mente, para o mesmo lugar onde eu mantinha as lembranças da minha mãe chorando por causa da tia Diane, bem lá no fundo, para meu coração não sentir.

4

America

Meus dedos do pé brilhavam ao sol, recém-pintados com o esmalte Pretty in Pink. Eles se mexiam enquanto eu curtia a fina camada de suor na pele e o calor saindo em ondas do calçamento que rodeava a água azul-turquesa. Eu certamente estava queimando sob os raios fortes, mas continuei deitada nas ripas de plástico branco da espreguiçadeira, feliz por estar mergulhada em vitamina D, mesmo com os pestinhas do 404B espalhando água como bárbaros.

Meus óculos de sol caíram pela décima vez, as gotas salgadas na ponte do nariz fazendo-os deslizar como um pedaço de manteiga derretida.

Abby levantou a garrafa de água.

— Um brinde ao nosso dia de folga juntas.

Levantei a minha e encostei na dela.

— Saúde.

Nós duas bebemos, e eu senti o líquido gelado descer pela garganta. Coloquei a garrafa ao meu lado, mas ela deslizou da minha mão e rolou para baixo da espreguiçadeira.

— Droga — falei, protestando, mas sem me mover. Estava quente demais para me mexer. Estava quente demais para fazer qualquer coisa além de ficar no ar-condicionado ou deitada ao lado da piscina, mergulhando de vez em quando para não entrar em combustão espontânea.

— A que horas o Travis sai do trabalho? — perguntei.

— Cinco — sussurrou ela.

— Quando é que ele sai da cidade de novo?

— Só daqui a duas semanas, a menos que surja alguma coisa.

— Você é incrivelmente paciente com isso.

— Com o quê? Com ele ganhar dinheiro? Não tem outro jeito — disse ela.

Virei de bruços e a encarei, com o rosto achatado nas ripas.

— Você não fica preocupada?

Abby baixou os óculos e me olhou por cima deles.

— Deveria?

— Não. Que idiotice a minha. Esquece.

— Acho que o sol está fritando o seu cérebro — disse Abby, colocando os óculos de volta. Ela se recostou na espreguiçadeira, relaxada.

— Eu falei pra ele.

Não olhei para ela, mas senti Abby encarando a lateral do meu rosto.

— Falou o que pra quem? — ela perguntou.

— Para o Shep. Eu falei pra ele... mais ou menos... que eu estava preparada.

— Por que você não disse claramente que está preparada?

Suspirei.

— Acho que eu mesma vou fazer o pedido.

— Vocês dois me cansam.

— Ele falou alguma coisa pro Travis?

— Não. E você sabe que qualquer coisa que o Trav me conta em segredo é assunto proibido.

— Isso não é justo. Eu te contaria, se soubesse que é importante. Você é uma amiga de merda.

— Mas sou uma ótima esposa — disse ela, sem uma gota de arrependimento na voz.

— Eu falei para ele que devíamos visitar os meus pais antes do início das aulas. Uma viagem de carro.

— Divertido.

— Espero que ele entenda a insinuação pra fazer o pedido.

— Quer que eu plante uma sementinha?

— Já está plantada, Abby. Se ele não me pedir em casamento, é porque não quer... mais.

— É claro que ele quer. Vocês vão completar três anos juntos em agosto. Daqui a menos de três meses. Definitivamente não é o maior tempo que uma garota esperou por uma aliança. Acho que parece que é muito tempo porque o Trav e eu fugimos muito rápido pra casar.

— Talvez.

— Tenha paciência. Rejeição é algo difícil para o ego deles aceitar.

— O Travis não pareceu se importar.

Ela ignorou minha insinuação.

— Duas vezes leva o dobro do tempo.

— Joga na cara mesmo, sua malvada — soltei.

— Eu não quis... — Abby deu um grito quando foi tirada da espreguiçadeira pelos braços de Travis.

Ele deu dois passos largos e pulou na piscina. Ela ainda estava gritando quando eles saíram da água.

Eu me levantei e fui até a borda, cruzando os braços.

— Você chegou cedo.

— Teve uma desistência na academia.

— Oi, baby — disse Shepley, envolvendo os braços ao meu redor.

Diferentemente de Travis, ele estava vestido, então eu estava em segurança.

— Oi — comecei.

Mas Shepley se inclinou e, em pouco tempo, estávamos caindo na piscina como uma coluna em ruínas.

— Shepley! — gritei quando atingimos a superfície da água, antes de afundarmos.

Ele subiu e me puxou junto, me envolvendo em seus braços. Em seguida balançou a cabeça e sorriu.

— Você é doido! — falei.

— Não foi planejado, mas está quase quarenta graus. Estou cozinhando — disse ele.

Os pestinhas do prédio ao lado jogaram água em nós, mas, depois de apenas uma olhada de Travis, eles se embolaram para sair da piscina.

Dei um beijo em Shepley, saboreando o cloro em sua boca.

— Você pensou sobre a viagem? — perguntei.

Ele balançou a cabeça.

— Dei uma olhada na previsão do tempo. Parece que tem um negócio embaçado a caminho.

Franzi a testa.

— Sério? Eu cresci no Caminho dos Tornados. Você acha que eu me importo com o clima?

— E se chover granizo? O Charger...

— Tudo bem, a gente vai com o Honda.

— Até Wichita? — Ele franziu o nariz.

— Ele aguenta! Ele já fez essa viagem! — falei, na defensiva.

Shepley arrastou as pernas pela água até a borda, depois me levantou e me colocou sentada no concreto. Tirou a água do rosto e olhou para mim, com os olhos semicerrados.

— Você quer dirigir o Honda até a casa dos seus pais, nesse fim de semana, com uma tempestade a caminho? Por que a pressa?

— Por nada. Só achei que seria legal sair um pouco daqui.

— Só vocês dois. Uma viagem *especial* — disse Abby.

Quando Shepley virou para olhar para ela, lancei um olhar de alerta para minha melhor amiga. Sua expressão séria não entregava nada, mas eu ainda queria afogá-la.

Ele trocou olhares com Travis e depois virou para me encarar, a confusão evidente em seu rosto.

— Vamos ter tempo pra conversar, eu acho. Andamos ocupados. Vai ser legal.

— Exatamente — falei.

Depois que eu disse essas palavras, alguma coisa se iluminou nos olhos de Shepley, e um milhão de pensamentos pareceram girar em sua mente.

O que quer que o estivesse perturbando, ele afastou e se impulsionou para cima, me dando um beijinho nos lábios.

— Se é isso que você quer, vou pedir uma folga.

— É o que eu quero.

Ele saiu da piscina, com a camiseta branca transparente, a calça jeans ensopada, os tênis guinchando a cada passo.

— Vou telefonar. Mas nós vamos com o Charger. Ele pode ter vinte e cinco anos a mais que o Honda, mas é mais confiável.

— Obrigada, baby — falei, sorrindo, enquanto ele se afastava. Depois que ele estava fora do alcance da voz, virei para Abby, sem nenhuma emoção no rosto. — Você é uma idiota.

Ela caiu na gargalhada.

Travis olhou de Abby para mim e de novo para ela.

— Que foi? Qual é a graça?

Ela balançou a cabeça.

— Eu te conto mais tarde.

— Não conta, não! — falei, chutando água na direção dela.

Com a mão, Travis limpou a água do rosto, depois beijou a têmpora de Abby. Ela o deixou, nadando até a lateral da piscina e subindo a escadinha. Pegou a toalha na espreguiçadeira e se secou. Travis a observava como se fosse a primeira vez que a visse.

— Estou surpresa de você ainda não estar grávida — falei.

Abby congelou.

Travis franziu a testa.

— Por favor, Mare! Não fala a palavra com G. Ela vai surtar!

— Por quê? Vocês já conversaram sobre isso? — perguntei à minha amiga.

— Algumas vezes — respondeu Abby, olhando diretamente para Travis. — Ele acha que eu vou parar de tomar pílula no instante em que me formar.

Minhas sobrancelhas se ergueram.

— E você vai?

— Não — respondeu ela rapidamente. — Só quando comprarmos uma casa.

A expressão de Travis se intensificou.

— Temos um quarto extra.

— Obrigada, Mare — resmungou Abby, se inclinando para esfregar a toalha nas pernas.

— Desculpa — falei. — Vou entrar. Temos uma viagem pra planejar.

— Ei, se vocês forem mesmo, tenham cuidado. O Shep está certo. Parece que o clima vai ficar bem ruim. Talvez vocês devessem esperar até o fim da temporada de tempestades.

— Se não formos agora, vai ficar complicado. Depois que as aulas começarem, vai ser tarde demais. Vamos ter que esperar um feriado. — Olhei para baixo. — Pelo jeito como ele está agindo, não sei se vai ter paciência por muito mais tempo.

— Ele vai esperar pra sempre, Mare — disse Abby.

— Tarde demais pra quê? — perguntou Travis, saindo da piscina. — O que ele está esperando?

— Nada. — Lancei um olhar de alerta para Abby antes de pegar minhas coisas e empurrar o portão para sair. Ele se fechou depois que eu passei, e mantive a mão no metal quente. — Fica de boca fechada. Você pode ser mulher dele, mas era minha amiga antes.

— Tudo bem, tudo bem — disse Abby, se acovardando sob o meu olhar.

♉

Shepley

— *Obrigado, Janice. Agradeço muito.* — Apertei o botão vermelho e coloquei o celular na cama.

Janice me adorou desde o instante em que entrei em seu escritório para a entrevista. O que começara como um emprego de auxiliar tinha se transformado em um trabalho administrativo; depois, de alguma forma, eu tinha ido parar no departamento financeiro. Janice esperava que eu permanecesse lá depois de me formar na faculdade, me prometendo promoções e oportunidades a rodo, mas meu coração não estava ali.

Encarei a gaveta quase vazia da minha mesa de cabeceira. *É ali que está meu coração.*

Quando a luz da tela do celular se apagou, a escuridão do quarto me envolveu. O sol da tarde de verão se esgueirava pelas laterais das cortinas, criando sombras fracas nas paredes.

Morávamos ali havia menos de um ano, e as paredes já estavam lotadas de molduras com nossas lembranças. Não tinha sido difícil misturar nossos pertences, porque os últimos dois anos tinham sido *nós* e *nosso*. Agora, eu não tinha certeza se era um símbolo da nossa vida juntos ou um memorial do casal que éramos.

Eu me arrependi de pedi-la em casamento no instante em que America disse "não". Depois disso, ficamos diferentes.

Esfreguei o músculo entre o ombro e o pescoço. Estava duro de tensão. Eu já tinha tirado as roupas molhadas e enrolado uma toalha na cintura. Era felpuda, algo que eu não exigia antes de morar com a minha namorada, mas eu tinha aprendido a curtir tudo isso, além do cheiro de sua loção nos lençóis e as caixas de lenço de papel em todos os cômodos do apartamento. Até mesmo a bagunça na sua mesa de cabeceira tinha se tornado reconfortante.

Eu me tornei agudamente consciente da gaveta na mesa de cabeceira. Ela guardava um único item — uma pequena caixa vermelho-escura. Dentro estava o anel que eu fantasiara colocar no dedo dela, o anel que ela usaria no dia do nosso casamento, combinando perfeitamente com uma aliança. Eu o comprara dois anos antes e o tirara da caixa duas vezes.

Tínhamos uma longa viagem de carro pela frente, e eu ia levá-lo comigo. Nossa viagem até o Kansas marcaria a terceira vez que a caixa seria vista fora daquela gaveta, e eu me perguntei se ela voltaria para o seu lar. Eu não tinha certeza do que significava se ela voltasse, mas não podia continuar me perguntando e esperando.

Minhas mãos estavam ásperas e secas quando entrelacei os dedos e olhei para o chão, me questionando se deveria fazer um pedido floreado, como na última vez, ou simplesmente perguntar. Pedi-la em casamento desta vez levaria a muito mais. Se ela dissesse "não", teria que falar sobre o que viria depois. Eu sabia que America queria se casar um dia, porque ela já tinha falado sobre isso comigo, e com Abby quando eu estava perto.

Talvez ela não queira se casar comigo.

A preocupação de que nunca seria o momento certo para America dizer "sim" se tornou um tormento diário. *Não* era uma palavra tão minúscula, mas me afetara. Afetara a nós dois. Mas eu a amava demais para forçar a barra. E tinha muito medo de que ela dissesse alguma coisa que eu não queria escutar.

Mas então havia os fragmentos de esperança — como ela falar do futuro — e as confirmações mais profundas, como morarmos juntos. Mas, enquanto abríamos as caixas da mudança, eu me perguntava se ela tinha simplesmente concordado em arrumar um apartamento porque era teimosa demais para admitir para os pais que eles estavam certos sobre não estarmos preparados.

Mesmo assim, o medo da verdade continuava me impedindo de fazer o pedido. Eu a amava demais para deixá-la escapar com tanta facilidade. Ela teria de brigar para ir embora, do mesmo jeito que eu brigaria para mantê-la comigo. Questionei minha sanidade por sequer considerar fazer o pedido pela terceira vez, e temi que fosse o primeiro dia agonizante de muitos em que eu teria de aprender a viver sem ela.

Mas, se ela dissesse "sim", teria valido a pena afastar todo o medo.

— Baby? — chamou America. A porta da frente se fechou depois que ela falou.

— No quarto — respondi.

Ela abriu a porta e acendeu a luz.

— Por que você está no escuro?

— Acabei de falar com a Janice por telefone. Ela não ficou feliz com a notícia em cima da hora, mas me deu a sexta-feira de folga.

— Legal! — disse ela, deixando a toalha cair. — Vou tomar banho. Quer vir comigo? Ou você vai pra academia?

— Posso ir de manhã — falei, me levantando.

America puxou um fio enquanto andava, e a parte de cima do biquíni caiu no chão. Parou alguns passos depois para escorregar a parte de baixo pelas coxas, então a deixou cair.

Segui atrás dela, pegando as peças de roupa enquanto andava. Ela colocou a mão atrás da cortina para abrir a torneira e franziu o cenho para mim quando joguei suas roupas no cesto.

— Sério? Você está arrumando minha bagunça?

Dei de ombros.

— É só um hábito, Mare. É compulsivo. Não consigo evitar.

— Como foi que você conseguiu morar com o Travis? — ela perguntou.

Pensar em Travis fez o início da minha ereção desaparecer.

— Era muito trabalho.

— Morar comigo é muito trabalho?

— Você não é tão ruim. Eu prefiro. Confie em mim.

Ela abriu a cortina e depois segurou minha toalha, puxando até a parte presa se soltar. O algodão felpudo estava no chão e, em seguida, America também estava.

Com uma das mãos, agarrei a borda da fórmica que cercava a pia e, com a outra, enterrei delicadamente os dedos em seu cabelo ainda molhado. Sua boca era incrível. Ela usou uma das mãos para segurar minha circunferência e, com um pouco de sucção e um roçar de dentes, me provocou e me chupou até eu começar a achar que arrancaria a fórmica do gabinete.

Pouco tempo depois eu estava gozando, mas ela não cedeu, sua boca trabalhando em mim até a última gota. Eu a levantei e puxei a cortina, empurrando-a para trás e depois a virando. Com uma das mãos entre suas pernas e a outra segurando a pele macia da sua cintura, beijei seu ombro enquanto me enterrava fundo nela. O som que ela emitiu seria suficiente para me fazer gozar pela segunda vez, mas eu esperei por ela.

Trabalhei com os dedos num círculo em sua pele molhada, sorrindo quando ela começou a se contorcer na minha mão, pedindo mais num sussurro. Enquanto eu metia dentro dela, agonizando lentamente, America continuava gemendo e sussurrando.

A água escorria em suas costas, empurrando seus cabelos para o lado, e eu passei a palma da mão em sua pele bronzeada, saboreando cada centímetro, esperando que ela lembrasse como éramos bons juntos quando chegasse a hora de tomar uma decisão.

O tom de seus gritos ficou mais agudo, aqueles gritinhos adoráveis que ela dava quando chegava ao clímax. Sem conseguir parar, eu a estoquei repetidas vezes até gozar mais uma vez, ficando mais lento enquanto ela gozava, ofegando, apesar de não ter durado mais que vinte minutos.

America virou para me olhar, vestindo nada além de um sorriso paquerador. Ela se ergueu, se afastando de mim — o pior sentimento do mundo — e envolveu os braços ao redor do meu pescoço enquanto a água escorria pela nossa cabeça.

— Eu te amo — sussurrou.

Passei as mãos em seus cabelos, deslizando a língua para dentro de sua boca, na esperança de que isso fosse suficiente.

5

America

Shepley levantou minha última mala até o banco traseiro do Charger, bufando para fazê-la caber. Depois que conseguiu esse feito, pegou a própria mochila e a jogou atrás do banco. Beijei seu rosto, e ele fez um sinal de positivo com a cabeça, levantando a gola da camiseta para secar o suor da testa. Não tinha nem amanhecido ainda e já estava quente.

Abby cruzou os braços.

— Tudo certo?

— Isso é tudo — falei.

— Graças a Deus — disse Shepley.

— Fracote — Travis provocou, dando um soco na lateral do primo. Shepley se encolheu em reação e depois revidou o soco.

— Só porque eu não te bato há uns dois anos, não significa que não vai acontecer de novo.

— Uns dois anos? Quando foi que você bateu no Travis? — perguntei. Travis levou a mão ao maxilar.

— Faz um pouco mais de tempo. Na noite em que você terminou com ele. A noite — ele olhou para Abby, já se arrependendo do que estava prestes a dizer — em que eu levei a Megan para o apartamento.

Olhei para Shepley, em dúvida.

— Você bateu no Travis?

— Logo depois que você saiu — Shepley admitiu. — Achei que você sabia.

Balancei a cabeça e olhei para Travis.

— Doeu?

— Às vezes ainda dá pra sentir — ele respondeu. — O Shepley bate com força.

— Ótimo — falei, me sentindo um pouco excitada ao pensar em Shepley socando alguém. Meu Maddox não era conhecido por lutar como os primos, mas era bom saber que ele sabia se virar quando necessário.

Shepley olhou para o relógio.

— É melhor a gente ir. Quero chegar antes da tempestade. Wichita está em alerta de tornado pela tarde toda.

— Tem certeza que vocês não podem esperar? — Abby perguntou.

Dei de ombros.

— O Shepley já tirou o dia de folga.

— Estou feliz por vocês irem com o Charger — comentou Travis. — A única coisa pior do que dirigir na chuva é ficar com o carro quebrado na chuva.

Shepley beijou minha têmpora e abriu a porta do motorista.

— Vamos cair na estrada, baby.

Abracei Abby.

— Eu te ligo quando a gente chegar. Deve ser no meio da tarde, lá pelas duas e meia ou três.

— Vão com cuidado — disse ela, me abraçando com força.

Quando prendi o cinto de segurança e Shepley começou a dar ré para sair da vaga, Travis fingiu chutar a porta do motorista.

— Tchau, cuzão.

— Adoro o jeito como vocês, homens, demonstram afeto. É fofo de um jeito meio triste.

— Você acha que eu não sei demonstrar afeto?

Arqueei a sobrancelha.

Shepley colocou o carro em ponto morto, saiu e correu até Travis, pulando em cima do primo e envolvendo os braços e as pernas ao redor dele. Travis não se abalou, segurando-o como um bebê crescido.

Shepley abraçou Travis, o beijou — na boca — e depois o soltou, antes de voltar para o Charger com os braços estendidos.

60

— E agora? Eu sou homem suficiente para demonstrar afeto!

— Você venceu — falei, meio surpresa, meio entretida.

Travis não conseguiu manter a expressão séria, parecendo ao mesmo tempo enojado e confuso. Ele limpou a boca e estendeu a mão para Abby, abraçando-a na lateral.

— Você é esquisito pra caralho, cara.

Shepley deslizou de volta para o assento, fechou a porta e prendeu o cinto de segurança com um clique. Depois abriu a janela e deu "tchau" com um aceno rápido.

— Você me beijou primeiro, seu babaca. Tenho uma foto pra provar.

— Nós tínhamos três anos.

— Te vejo no domingo! — disse Shepley.

— Falou, otário! — Travis gritou.

Shepley engatou a marcha e saiu do estacionamento.

Dez minutos depois, já estávamos quase fora da cidade, passando pela Skin Deep Tattoo no caminho. Shepley buzinou quando viu os carros de Trenton e de Camille estacionados em frente.

— Eles sempre estavam fumando do lado de fora quando eu passava por aqui — comentou.

— A Cami disse que eles pararam, por causa da Olive.

— O Taylor também parou.

— Que *doideira* — falei num tom de voz agudo, balançando a cabeça, enquanto pensava em Taylor, que se apaixonara pela mãe da Olive a mil quilômetros de distância. — Agora, só precisamos trabalhar no Travis.

— Ele disse que vai parar quando a Abby engravidar.

— Isso sim seria um milagre.

— O quê? Ele parar de fumar ou ela finalmente concordar em ter filhos?

— As duas coisas.

— Você quer ter filhos? — Shepley não olhou para mim quando perguntou.

Engoli em seco. Ainda nem tínhamos saído da cidade e ele já estava tocando nos assuntos difíceis. Eu não sabia se era uma pergunta capciosa.

Será que ele estava procurando um motivo para terminar? Minha resposta seria a gota-d'água para ele?

— Hum... quero. Quer dizer, acho que sim. Eu sempre pensei que teria. Mais tarde.

Ele só fez que sim com a cabeça, o que me deixou mais nervosa. Peguei uma revista e folheei sem pensar, fingindo ler. Na verdade, não faço ideia de quem ou o que aparecia naquelas páginas. Eu só estava desesperada para parecer à vontade. Tínhamos falado sobre filhos antes, e o fato de ser tão desconfortável agora parecia um sinal sinistro de que estávamos indo na direção errada.

Quando chegamos a Springfield, a tempestade estava começando a se formar.

Shepley apontou para o céu escuro no horizonte.

— Quanto mais quente ficar, pior vai ser a tempestade. Olhe a previsão do tempo para Kansas City.

Tirei o celular da bolsa e pesquisei a informação. Balancei a cabeça.

— Fala em tempestade, mas vai começar mais tarde. — Abri meu app preferido de meteorologia. — Ah. Tem umas manchas vermelhas bem feias a sudoeste de Oklahoma no momento. Vai chegar a Wichita mais ou menos na mesma hora que a gente.

— Era isso que eu temia. Espero que não chegue antes.

— Se for o caso, podemos parar e dormir num hotel de beira de estrada — falei.

Meu sorriso parecia artificial, e o clima no carro estava pesado e desconfortável. De repente, fiquei com raiva por me sentir assim. Shepley era meu namorado. Eu o amava, e ele também me amava. Disso eu tinha certeza. Estávamos mergulhados até o pescoço num mal-entendido idiota, e eu não queria ser esse tipo de mulher. Abri a boca para falar isso, mas a expressão no rosto dele me impediu.

— Eu te amo — foi a única coisa que consegui dizer.

O pé dele saiu do acelerador por um instante, depois ele pegou minha mão, mantendo os olhos na estrada.

— Eu também te amo.

Pelo tremor sutil no olho dele, eu sabia que ele estava se esforçando para tirar a expressão magoada do rosto.

— Ei, olha. A porta daquele carro diz "O'Fallon, Missouri" — ele observou. — Como a Falyn do Taylor.

— Acho que o nome dela é escrito diferente.

— É... — Ele deixou a voz morrer, sem conseguir continuar fingindo.

Folheei a revista pela segunda vez, fingindo ler e, às vezes, olhando pela janela, para as árvores e os campos de trigo que demarcavam a Route 36. Shepley manteve a mão na minha, apertando de vez em quando. Rezei para não ser porque ele estava colocando na balança o fato de sentir minha falta *versus* ter que aguentar as minhas merdas.

Quando passamos por Chillicothe, Missouri, percebi uma placa de saída para Trenton.

— Ha, olha aquilo. Será que devíamos fazer uma brincadeira? Encontrar todos os membros da família Maddox? Parece que tem uma cidade chamada Cameron a norte de Kansas City. Acho que conta como Cami.

— Claro. Já podemos contar o seu nome?

— Ha-ha.

Apesar de estarmos ambos desesperados para aliviar o clima, ainda era estranho. Eu ainda não fazia parte da família Maddox, na verdade. E era possível que tivesse perdido minha chance.

Quando chegamos à saída para Kansas City, o céu se derramou, enchendo o ar com cheiro de chuva, asfalto molhado e um forte aroma de confusão. Eu esperava que as horas no carro forçassem a comunicação e nos levassem a conversar sobre o que não conseguíamos dizer, mas lá estava eu. A garota que se orgulhava de falar tudo o que lhe vinha à mente estava com muito medo de dizer alguma coisa desconfortável.

Mantenha a boca fechada, Mare. Ele nunca vai superar se você fizer o pedido, mesmo que ele queira casar.

Talvez ele não queira mais...

O barulho constante da chuva no Charger começou a ficar irritante. Enquanto dirigíamos entre uma tempestade e outra, os limpadores de para-brisa se alternavam entre se arrastar pelo vidro quase seco e tentar furiosamente acompanhar a enxurrada. Shepley falava coisas triviais — sobre a chuva, claro, e o ano letivo que estava prestes a começar —, mas se mantinha nos assuntos seguros, tomando cuidado para não se aproximar demais de alguma coisa séria.

— Topeka — ele anunciou, como se a placa não estivesse bem ali, em grandes letras brancas.

— Viemos bem. Vamos parar num restaurante. Estou cansada de comida de posto de gasolina.

— Tudo bem. Dá uma olhada no celular pra ver se tem alguma coisa no caminho.

— Gator's Bar and Grill — falei em voz alta. Era o terceiro da lista, mas a classificação era de apenas duas estrelas e meia. — Um dos comentários diz pra não ir lá de noite. Interessante. Será que tem vampiros?

Shepley deu uma risadinha, olhando para o relógio acima do rádio.

— É pouco mais de meio-dia. Acho que estaremos seguros.

— Fica a uns cinco quilômetros daqui — falei. — Pouco depois do pedágio.

— Qual? Onde a 470 vira a I-35?

— É.

Shepley fez que sim com a cabeça, satisfeito.

— Pro Gator's então.

Como prometido, o Gator's ficava logo depois do pedágio, a pouco mais de cinco quilômetros de distância. Shepley escolheu uma vaga e desligou o motor pela primeira vez em quase quatro horas. Saí para o estacionamento cimentado, com os músculos duros.

Shepley se alongou ao lado do carro, se inclinando para baixo e depois se erguendo, puxando os braços em frente ao peito.

— Ficar sentado por tanto tempo deve fazer mal. Não sei como pessoas que trabalham em escritório aguentam.

— Você trabalha em escritório — falei com um sorriso afetado.

— Meio expediente. Se fossem quarenta ou cinquenta horas por semana, eu ia ficar maluco.

— Então você não vai ficar no banco? — perguntei, surpresa. — Achei que você gostasse de lá.

— O departamento financeiro é um bom lugar pra trabalhar, mas você sabe que eu não vou ficar lá.

— Não. Você não me falou nada.

— Falei, sim. Eu... Ah. Foi com a Cami.

— A Cami?

— Na última vez que fui com o Trenton ao The Red. Você sabe como eu fico tagarela quando estou bêbado.

— Eu esqueci — falei.

Shepley pegou minha mão enquanto entrávamos, mas havia uma lacuna de pensamentos não ditos entre nós.

Olhei ao redor do Gator's, observando o teto alto. Luzes de Natal multicoloridas estavam penduradas no sistema de ventilação exposto, os assentos tinham rasgos na forração, e o piso tinha pelo menos dez anos de imundície entranhada em cada tufo retorcido do carpete surrado. O cheiro de gordura saturada invadiu meus sentidos, e os lambris de metal enferrujado e a tinta cinza-carvão nos faziam sentir menos acolhidos do que o estilo "industrial chique" pretendia.

— A classificação de duas estrelas está começando a fazer sentido — falei, tremendo por causa do ar-condicionado.

Esperamos uma mesa por tanto tempo que quase sugeri ao Shepley que fôssemos embora, mas aí uma garçonete emburrada de cabelo azul e mais piercings do que buracos à mostra nos conduziu até duas banquetas vazias no bar.

— Por que ela colocou a gente aqui? — perguntei. — Tem mesas vazias. *Muitas* mesas vazias.

— Nem os funcionários querem estar aqui — disse Shepley.

— Talvez seja melhor a gente ir embora.

Ele balançou a cabeça.

— Vamos só comer alguma coisa rápida e voltar pra estrada.

Fiz que sim com a cabeça, incomodada.

O barman limpou o espaço à nossa frente e perguntou o que íamos beber. Shepley pediu uma água, e eu pedi uma limonada com morango.

— Nem uma cerveja? Por que vocês sentaram no bar, então? — o cara perguntou, incomodado.

— Colocaram a gente aqui. Não foi um pedido nosso — retruquei.

Shepley deu um tapinha no meu joelho.

— Estou dirigindo. Você pode servir uma Bud Light pra ela. Chope, por favor.

O barman colocou os cardápios diante de nós e se afastou.

— Por que você pediu uma cerveja?

— Não quero que ele mande o cozinheiro cuspir na nossa comida, Mare. Você não precisa beber.

Um trovão estalou lá fora e fez o lugar tremer, depois a chuva começou a castigar o telhado.

— Podemos esperar a tempestade passar em algum lugar, mas não quero que seja aqui — falei.

— Tudo bem. Vamos encontrar outro lugar, nem que seja o estacionamento. — Ele deu outro tapinha no meu joelho e depois o apertou.

— Ei — disse um homem, passando atrás de nós com um amigo. Ele já parecia bêbado, se arrastando até uma banqueta na ponta do bar. Seus olhos se despejaram sobre mim como água suja.

— Ei — Shepley respondeu por mim, travando o olhar no do bêbado.

— Baby — alertei.

— Só estou mostrando que eu não me intimido. Espero que assim ele desista de incomodar a gente.

O barman voltou com minha limonada e a água de Shepley.

— Prontos pra fazer o pedido?

— Sim, nós dois queremos o wrap de frango.

— Com fritas ou anéis de cebola?

— Nenhum dos dois.

O barman pegou nossos cardápios, nos observou e depois saiu para fazer o pedido à cozinha.

— Aonde ele vai, porra? — o bêbado perguntou para o amigo.

— Calma, Rich. Ele vai voltar — respondeu o amigo, rindo.

Tentei ignorá-los.

— Quer dizer que você está pensando na carreira de olheiro esportivo?

Shepley deu de ombros.

— É o emprego dos sonhos. Não sei se é possível, mas, sim, o plano é esse. O treinador Greer disse que eu devia me candidatar ao cargo de treinador assistente. Ele falou que eu tenho uma boa chance. Vou começar por aí.

— Mas... você não joga futebol.

Shepley se mexeu no assento.

— Eu já joguei.

— Jogou? Quando?

— Nunca na faculdade, mas nos quatro anos do ensino médio. Acredite se quiser, eu era muito bom.

— O que aconteceu? E por que você nunca me contou?

Shepley empurrou a água enquanto se inclinava sobre o balcão.

— Acho que é besteira, mas era a única coisa em que eu era melhor do que todos os meus primos.

— Mas o Travis nunca falou nisso. Seus pais nunca falaram. Se você começou no primeiro ano, devia ser mais do que bom. Nunca vi nenhuma foto sua que pudesse insinuar que você praticava esportes.

— Eu estourei três dos quatro ligamentos principais do joelho no último jogo, antes da final no último ano. Eu me esforcei pra voltar, mas, quando comecei a treinar para a Eastern, o joelho não parecia o mesmo. Ainda não tinha curado, então eu fiquei de fora das competições. Eu não sabia quanto tempo os treinadores iam esperar, mas sabia que, mesmo se eles me dessem um ano, eu não seria o mesmo. — Ele se empertigou. — Por isso, acabei saindo.

— Isso explica por que você sempre dá um motivo diferente pras cicatrizes. Achei que você só tinha vergonha.

— Eu tinha.

Franzi a testa.

— Não tem nada pra se envergonhar. Agora eu entendo por que você quer fazer parte disso de novo.

Ele fez que sim com a cabeça, e o sorriso em seu rosto revelou que só agora ele estava se dando conta disso.

Ele tinha desabafado comigo. Era a oportunidade perfeita para começar uma conversa sobre por que o clima estava tão tenso no carro, mas, assim que abri a boca, amarelei.

— Obrigada por me contar.

— Eu devia ter te contado há muito tempo, mas... — Ele deixou a voz sumir.

Finalmente, a curiosidade e a impaciência venceram o medo.

— Por que as coisas estão tão estranhas entre nós? — perguntei. — O que está se passando pela sua cabeça?

Shepley ficou ainda mais tenso do que já estava.

— O quê? Nada. Por que você está perguntando?

— Você não está pensando em nada?

— Em que *você* está pensando?

— Baby — falei, num tom mais crítico do que pretendia.

Shepley suspirou, fazendo um sinal de positivo com a cabeça quando o barman me trouxe uma caneca gelada cheia de líquido âmbar e uma linha fina de espuma.

— Vira! — o tal Rich rosnou. — Meu Deus, essa boca é um tesão. Aposto que ela consegue chupar uma bola de golfe através de uma mangueira de jardim! Lambe os lábios depois de beber, gostosa. Faz esse favor a todos os homens aqui.

Simplesmente rangi os dentes para ele, empurrando a caneca para longe de mim.

Rich se levantou.

O amigo tentou impedi-lo.

— Senta, porra!

Rich balançou a cabeça e limpou a boca com o antebraço, cambaleando em nossa direção.

— Merda — falei num sussurro e continuei olhando para a frente.

Shepley apertou meu joelho.

— Tudo bem. Não se preocupe.

— Você pode pegar essa boca... — começou Rich.

— Senta. Agora. Porra — alertou Shepley.

Eu só o tinha ouvido falar com tanta seriedade com Travis. Minha respiração ficou presa na garganta, e um misto de nervosismo, surpresa e a sensação clara de estar excitada aqueceu o sangue em meu rosto.

— O que foi que você disse, seu merda? — perguntou Rich, se apoiando no bar do meu outro lado.

Shepley se enfureceu.

— Você tem três segundos pra se afastar da minha namorada, ou eu acabo com a sua raça, porra.

— Rich! — chamou o amigo. — Vem pra cá!

Rich se inclinou e Shepley se levantou, dando um passo ao redor da minha banqueta, encarando o bêbado, furioso.

— Sai de perto, Mare.

— Shepley...

Rich bufou.

— Mare? Shepley? Vocês são celebridades? Que nomes de merda são esses?

— Se afasta — disse Shepley.

Eu me levantei e dei alguns passos para trás.

— É a última vez que vou avisar — Shepley acrescentou.

O barman congelou na porta da cozinha, segurando nossos pratos.

— Shep — falei, tentando pegar seu braço. Eu nunca o tinha visto tão bravo. — Deixa pra lá.

Com dois dedos, Rich bateu no ombro de Shepley.

— O que você vai fazer, rapazinho? Que tal eu enfiar o pau na boca da sua namorada, pra você ter motivo pra ficar com raiva?

O maxilar de Shepley se mexeu sob a pele.

— Baby — falei.

Seus ombros relaxaram. Ele pegou algumas notas no bolso e as jogou sobre o balcão. Em seguida esticou a mão para trás e me pegou.

Fui andando até a porta, encorajando meu namorado a fazer o mesmo. Shepley começou a virar na minha direção, mas Rich estendeu a mão, agarrando a camiseta dele e puxando-o para trás.

Shepley não hesitou. Os olhos de Rich se arregalaram quando viu meu namorado indo para cima dele com o cotovelo erguido. Um barulho seco soou quando o cotovelo de Shepley atingiu o rosto do cara. Ele cambaleou para trás, segurando a bochecha, e o amigo se levantou.

— Eu te desafio a se meter, caralho — Shepley rosnou.

Rich tentou tirar vantagem da distração momentânea de Shepley e deu um soco. Shepley desviou, e Rich caiu para a frente enquanto seguia com o movimento. Cobri a boca, sem acreditar que era meu namorado, e não Travis, no meio de uma briga. Fazia muito tempo desde que eu vira Travis no ringue do Círculo e, apesar de ele ter se acalmado um pouco desde o casamento, ainda daria um soco ou dois se alguém forçasse demais a barra.

Shepley sempre foi o pacifista, mas, naquele momento, estava socando Rich com força suficiente para arrancar sangue. Um corte começou a sangrar pouco acima do olho direito do cara.

O barman pegou o telefone bem na hora em que Shepley recuou o punho e rosnou, dando mais um murro. Rich deu um giro de cento e oitenta graus e caiu no chão, quicando uma vez. Ele estava inconsciente. O amigo observava tudo, balançando a cabeça. Os olhos de Rich já estavam começando a inchar enquanto ele permanecia deitado ali, desmaiado no carpete sujo.

— Vamos embora, baby — falei.

Shepley deu um passo em direção ao amigo do cara, que recuou em reação.

— Shepley Maddox! Vamos embora!

Ele me olhou, bufando de raiva. Não tinha uma única marca no rosto. Então passou por mim, pegou minha mão e me puxou porta afora.

6

Shepley

O volante do Charger reclamou quando girei a madeira com as duas mãos. A chuva caía do céu azul-escuro, atacando o para-brisa com tanto barulho que America quase precisava gritar para superar o ruído. Ela estava tagarelando mil palavras por minuto, e tudo se juntava num borrão. Ela não estava com raiva, e sim excitada. Eu também não estava com raiva — estava sentindo uma fúria profunda e total do caralho. A adrenalina ainda bombeava em minhas veias, fazendo minha cabeça latejar, como se fosse explodir. Essa sensação era exatamente o motivo de eu quase nunca perder a calma. Isso me deixava enjoado, fora de controle, culpado — tudo que eu não queria sentir.

Conforme os quilômetros ficavam para trás e saíamos de Topeka, a voz de America começou a ficar clara.

Ela estendeu a mão para pegar a minha.

— Baby? Você me escutou? É melhor diminuir a velocidade. A chuva está caindo com tanta força que está começando a se acumular na estrada.

Ela não estava com medo, mas dava para perceber a preocupação em sua voz. Meu pé se ergueu um centímetro do acelerador e eu me acalmei, liberando a tensão da perna e depois do restante do corpo.

— Desculpa — falei entredentes.

America apertou minha mão.

— O que aconteceu?

Dei de ombros.

— Eu perdi a cabeça.

— Parece que eu estou viajando com o Travis, não com o meu namorado.

Expirei pelo nariz.

— Não vai acontecer de novo.

De canto do olho, vi seu rosto se comprimir.

— Você ainda me ama?

Suas palavras foram como um soco no estômago, e eu tossi uma vez, tentando recuperar o fôlego.

— O quê?

Seus olhos ficaram vidrados.

— Você ainda me ama? Isso tudo é porque eu disse "não"?

— Você... você quer falar sobre isso agora? Quer dizer... claro que eu te amo. Você sabe que sim, Mare. Não acredito que você me perguntou isso.

Ela secou uma lágrima que havia escapado e olhou pela janela. O clima lá fora espelhava a tempestade em seus olhos.

— Não sei o que aconteceu.

Minha garganta se fechou, sufocando qualquer resposta que eu pudesse dar. As palavras me escapavam. Alternei entre encará-la em confusão e olhar para a estrada.

— Eu te amo. — Ela fechou os dedos finos e elegantes num punho e o colocou sob o queixo, com o cotovelo apoiado no descanso de braço. — Eu queria conversar com você sobre como as coisas estão entre nós ultimamente, mas estava com medo... e... eu não sabia o que dizer. E...

— America? Essa é uma... uma viagem de despedida?

Ela virou para mim.

— Responde você.

Não percebi que meus dentes estavam trincados até meu maxilar começar a doer. Fechei os olhos com força e pisquei algumas vezes, tentando me concentrar na estrada, mantendo o Charger entre as linhas brancas e amarelas. Eu queria parar para conversar, mas, com a chuva forte e a visibilidade limitada, eu sabia que seria muito perigoso. Eu não ia me arriscar com o amor da minha vida no carro — mesmo que ela não acreditasse nisso naquele momento.

— A gente não conversa mais — disse ela. — Quando foi que paramos de conversar?

— Quando começamos a amar tanto o outro que se tornou assustador demais colocar isso em risco. Pelo menos foi assim pra mim... ou é — falei.

Dizer a verdade em voz alta era, ao mesmo tempo, um pavor e um alívio. Eu estava guardando isso havia tanto tempo que falar me fez sentir um pouco mais leve, mas não saber como ela reagiria me deu vontade de poder retirar o que eu havia dito.

Porém era isso que ela queria — conversar, dizer a verdade —, e ela estava certa. Havia chegado a hora. O silêncio estava nos destruindo. Em vez de curtir nosso novo capítulo juntos, eu estava perdendo tempo com *por que não, ainda não* e *quando*. Eu estava impaciente, e isso estava me envenenando. Será que eu amava mais a ideia de nós dois do que a ela? Isso nem fazia sentido.

— Me desculpa, Mare — soltei.

Ela hesitou.

— Por quê?

Meu rosto se contorceu em repulsa.

— Pelo jeito como eu tenho agido. Por esconder coisas de você. Por ser impaciente.

— O que você está escondendo de mim?

Ela parecia tão nervosa que partiu meu coração.

Levei sua mão aos lábios e a beijei. Ela virou para mim, puxando uma perna para cima e abraçando o joelho no peito. Ela precisava de alguma coisa para abraçar, se preparando para minha resposta. As janelas salpicadas de chuva estavam começando a embaçar, suavizando-a. Ela era a coisa mais linda e mais triste que eu já tinha visto. Era forte e confiante, e eu a reduzira à garota preocupada de olhos arregalados ao meu lado.

— Eu te amo e quero ficar com você pra sempre.

— Mas...? — disse ela rapidamente.

— Não tem nenhum mas. É só isso.

— Você está mentindo.

— De agora em diante, é só isso. Eu juro.

Ela suspirou e olhou para a frente. Seu lábio começou a tremer.

— Eu fiz merda, Shep. Agora você está satisfeito de continuar como estamos.

— Sim. Quer dizer... algum problema quanto a isso? Não é o que você quer? Como assim, você fez merda?

Seus lábios se pressionaram e formaram uma linha dura.

— Eu não devia ter dito "não" — ela lamentou baixinho.

Expirei, me perdendo em pensamentos.

— Pra mim? Quando eu te pedi em casamento?

— É — respondeu ela, a voz quase implorando. — Eu não estava preparada naquele momento.

— Eu sei. Tudo bem — falei, apertando sua mão. — Não vou desistir de nós dois.

— Como a gente faz para consertar isso? Estou disposta a qualquer coisa. Só quero que volte a ser como antes. Bom, não exatamente, mas...

Sorri, observando-a tropeçar nas palavras. Ela estava tentando me dizer alguma coisa sem dizer, e era algo com o qual ela não se sentia confortável. America sempre dizia o que queria. Era um dos milhões de motivos pelos quais eu a amava.

— Eu queria poder voltar àquele momento. Preciso de um repeteco.

— Um repeteco? — perguntei.

Ela estava, ao mesmo tempo, esperançosa e frustrada. Abri a boca para perguntar o motivo, mas começou a cair uma tempestade de granizo, com pedras do tamanho de moedas de vinte e cinco centavos.

— Merda. *Merda!* — gritei, imaginando cada amassado na lataria do carro.

— O que fazemos? — perguntou America, se endireitando e colocando as mãos no assento.

— A que distância estamos?

74

America procurou o celular e digitou alguma coisa.

— Estamos bem perto de Emporia, então falta um pouco mais de uma hora — ela gritou acima do barulho da chuva e de mil pedaços de gelo que atingiam a pintura a sessenta quilômetros por hora.

Diminuí a velocidade ainda mais, vendo o brilho das luzes de freio dos veículos parados no acostamento. Os limpadores de para-brisa ecoavam meus batimentos cardíacos num ritmo rápido, mas constante, como a música dançante no The Red.

— Shepley? — America chamou. A preocupação tingia sua voz como antes, mas agora ela também estava com medo.

— Vamos ficar bem. Vai passar logo — falei, esperando estar certo.

— Mas o seu carro!

A traseira do Charger deslizou, e eu soltei a mão de America, usando as duas para segurar o volante e evitar a derrapagem. Escorregamos pela estrada em direção ao canteiro central. Eu exagerei na correção do volante, e o Charger começou a rodar em direção à vala no acostamento. Devagar, girei o volante de novo e tirei o pé do acelerador. O carro fez uma curva e nós deslizamos por um barranco pequeno antes de parar num fosso de escoamento inundado.

A água subiu quase até minha janela, o rio marrom coberto de mato implorando para entrar.

— Você está bem? — perguntei, segurando seu rosto, analisando-a. Os olhos de America se arregalaram.

— O que... vamos...

Seu celular começou a apitar. Ela deu uma olhada rápida e me mostrou a tela.

— Alerta de tornado — disse. — Pra Emporia. Agora.

— Temos que sair daqui — falei.

Ela fez que sim com a cabeça e virou no assento.

— Vamos deixar a bagagem aqui. Depois a gente volta pra pegar. Temos que ir. Agora.

Abri minha janela. America entendeu, soltou o cinto de segurança e abriu a dela também. Quando ela começou a sair, soltei meu cinto, mas parei. O anel estava na minha mochila, no banco traseiro.

— Merda! — America gritou de cima do carro. — Deixei meu celular cair na água!

As sirenes do alerta de tornado soavam ao longe, enquanto o granizo era substituído pela chuva.

Estendi a mão para pegar a mochila, pendurei-a no ombro e saí pela janela, me juntando a America no alto do carro. A água espirrava por cima do capô. America cruzou os braços nus sobre o peito, tremendo com o vento, o cabelo já saturado de chuva. Usando apenas short, camiseta regata e sandálias, ela estava vestida para um dia quente de verão.

Dei uma olhada rápida ao redor, analisei a água e pulei. Mal chegou à minha cintura.

— Não é fundo, baby. Pula.

America semicerrou os olhos na chuva.

— Temos que conseguir um abrigo, America. Vem, pula!

Ela mais caiu que pulou, e eu a ajudei a atravessar a colina de grama. Havia carros estacionados dos dois lados da estrada, mas nem todo o trânsito tinha sido interrompido. Um carro passou voando por nós, soprando o cabelo de America e nos deixando ensopados.

Ela estendeu os braços, os dedos abertos, o rímel escorrendo no rosto.

— Não estou vendo nada, e você? — perguntei.

Ela balançou a cabeça, usando a camiseta para secar o rosto.

— Isso não quer dizer nada. Eles podem ter informações sobre alguma borrasca.

— Aquela passarela fica mais perto que a cidade. Vamos pra lá. Podemos ligar pros seus pais...

Uma melodia de gritos ecoou atrás de nós, e eu olhei para ver o que estava acontecendo.

— Shepley! — gritou America, olhando horrorizada para sudoeste, em direção ao estacionamento de trailers aninhado num campo de árvores. Os galhos estavam se dobrando, quase chegando a quebrar, se agitando desesperadamente sob o vento enfurecido.

— Caralho — falei, vendo uma nuvem cair lentamente do céu.

America

Molhada e congelando, levantei a mão trêmula para apontar para o dedo azul pendurado nas nuvens acima de nós. Alguém passou esbarrando em mim, quase me derrubando, e eu vi um homem correndo em direção à passarela, abraçado a uma menininha de maria-chiquinha e sandália branca.

O pedágio levava a uma passarela por cima da Highway 170. O estacionamento de trailers ficava num dos lados, e no outro havia um posto de gasolina, a menos de quinhentos metros.

Shepley estendeu a mão.

— Precisamos ir.

— Pra onde?

— Pra passarela.

— Se o tornado passar por cima da ponte, seremos sugados — falei, meus dentes começando a bater, sem saber se era de frio ou de pavor. — O posto de gasolina é o lugar mais seguro!

— É mais perto que Emporia. Espero que o tornado não venha direto na nossa direção.

Mais pessoas passaram correndo por nós em direção ao cruzamento, desaparecendo enquanto desciam a colina para se esconder embaixo da ponte. Um caminhão apertou o freio no meio da estrada e, segundos depois, um SUV bateu atrás. Um barulho alto de vidro e metal esmagado foi abafado pelo vento crescente criado pelo tornado. Ele tinha aumentado nos poucos segundos em que desviei o olhar.

Shepley fez sinal para eu esperar enquanto corria até o local da batida. Espiou a situação, deu alguns passos para trás e depois se apressou para ver como estava o motorista do caminhão. Seus ombros desabaram. Não havia mais ninguém ali.

— Você não pode ficar aqui! — disse uma mulher, puxando meu braço.

Ela estava de mãos dadas com um menino de uns dez anos. O branco de seus olhos se destacava na pele bronzeada.

— Mãe! — disse ele, puxando-a.

— O tornado vai passar exatamente por aqui! Você precisa encontrar abrigo! — disse ela outra vez, disparando com o filho em direção ao posto de gasolina.

Shepley voltou até mim e pegou minha mão.

— Temos que ir — disse ele, virando para ver dezenas de pessoas correndo na nossa direção, saindo de seus veículos estacionados.

Fiz que sim com a cabeça e começamos a correr. A chuva espetava meu rosto, soprando no sentido horizontal e dificultando a visão.

Shepley olhou para trás.

— Vamos! — disse ele.

Atravessamos duas pistas e paramos do outro lado do canteiro central de grama. O trânsito tinha diminuído, mas ainda se movia nas duas direções. Paramos por um instante, e Shepley me puxou para a frente de novo, atravessando as duas pistas de tráfego próximo, depois descendo a rampa até o posto de gasolina. Uma placa acima de nós dizia "Flying J". As pessoas estavam fugindo do estacionamento em direção à passarela.

Shepley parou. Meu peito oscilava.

— Aonde vocês estão indo? — ele perguntou para ninguém em particular.

Um homem que segurava a mão de uma menina em idade escolar passou correndo por nós, apontando para a frente.

— Está cheio! Não cabe mais ninguém!

— Merda! — gritei. — Merda! O que vamos fazer?

Shepley encostou no meu rosto, a preocupação deixando tensa a pele ao redor de seus olhos.

— Rezar para não sermos atingidos.

Corremos juntos até as duas pontes que davam acesso à passarela. As fendas embaixo delas já estavam lotadas de pessoas assustadas.

— Não tem espaço — falei, desesperada.

— A gente dá um jeito — disse Shepley.

Enquanto subíamos a ladeira íngreme da colina de concreto, carros ainda passavam acima de nós, feito tambores. Pais haviam aninhado os filhos nos cantos mais profundos que conseguiram encontrar e os cobriam com o próprio corpo. Casais se abraçavam, e um grupo de quatro adolescentes secava o rosto molhado, se alternando entre xingar o celular e rezar.

— Ali — disse Shepley, me puxando para baixo da ponte oeste. — Vai atingir a ponte leste primeiro. — Ele me levou até o centro, onde havia um pequeno espaço, com tamanho suficiente para um de nós. — Sobe, Mare — disse ele, apontando para uma extremidade que precedia o nicho de concreto com meio metro de profundidade.

Balancei a cabeça.

— Não tem espaço pra você.

Ele franziu a testa.

— America, não temos tempo pra isso.

— Está vindo! — gritou alguém da ponte oeste.

Shepley segurou os dois lados do meu rosto e beijou meus lábios.

— Eu te amo. Vamos ficar bem. Eu prometo. Entra lá.

Ele tentou me guiar, mas eu resisti.

— Shep... — falei acima do barulho do vento.

— Agora! — exigiu ele. Shepley nunca tinha falado comigo desse jeito. Engoli em seco e obedeci.

Ele olhou ao redor, bufando e puxando a camiseta ensopada para longe do tronco, quando percebeu um homem lá embaixo segurando o celular com o braço para cima.

— Tim! Sobe aqui! — gritou uma mulher.

O cara passou a mão no cabelo escuro molhado, continuando a apontar o celular na direção do tornado.

— Está se aproximando! — gritou o homem, sorrindo de empolgação.

Crianças choravam, e alguns adultos também.

— Isso está acontecendo? — perguntei, sentindo o coração martelar no peito.

Shepley apertou minha mão.

— Olha pra mim, Mare. Vai passar daqui a pouco.

Fiz que sim com a cabeça rapidamente, me inclinando para ver se Tim ainda filmava. Ele deu um passo para trás e começou a subir a inclinação aos tropeços.

Puxei Shepley o mais perto possível de mim, e ele me abraçou com força. O tempo pareceu parar. Estava tudo quieto — nada de vento, nada de choro, quase como se o mundo tivesse prendido a respiração, na expectativa dos próximos segundos. Aquele era um momento que poderia mudar a vida de todos que tinham se abrigado embaixo das pontes erradas.

Em pouquíssimo tempo, a paz acabou, e o vento começou a rugir como se uma dezena de jatos militares voassem baixo e devagar sobre a nossa cabeça. A grama no canteiro central abaixo começou a chicotear, e eu tive a sensação de estar embaixo de um quilômetro de água, a mudança na pressão atmosférica parecendo pesada e desorientadora. No início, fui um pouco empurrada para trás, depois vi Tim sendo levantado no ar. Ele caiu no chão, se agarrou ao concreto e depois à grama, antes de ser sugado para o céu por um monstro invisível.

Gritos me cercaram, e meus dedos se enterraram nas costas de Shepley. Ele se inclinou na minha direção, mas, quando o funil abriu caminho até o outro lado da ponte leste e depois da nossa, o ar mudou. Outra pessoa gritou quando perdeu o apoio e foi puxada do nosso esconderijo. Uma a uma, todas as pessoas que não estavam dentro do abrigo onde a colina encontrava a ponte foram arrastadas.

— Se segura! — Shepley gritou, mas sua voz foi abafada, e ele usou todas as forças para me empurrar ainda mais para dentro da fenda.

Senti seu corpo se afastando do meu. Seus braços me apertaram com mais força, mas, quando comecei a escapar para a frente, ele me soltou e enterrou os dedos dos pés no concreto, se inclinando contra o vento.

— Shep! — gritei, vendo seus dedos ficarem brancos, pressionando o chão.

Ele se esforçou por um instante para me dar sua mochila.

Eu a deslizei sobre um braço e estendi a mão para ele.

— Pega a minha mão!

Seus pés começaram a escorregar, e ele olhou para mim, com reconhecimento e pavor no rosto.

— Fecha os olhos, baby.

Depois que falou essas palavras, ele desapareceu, soprado para longe como se não pesasse nada. Gritei seu nome, mas minha voz se perdeu no vento ensurdecedor.

A pressão atmosférica mudou e a sucção parou. Corri até a parte de baixo e vi o funil azul-escuro girando e fazendo uma barreira no pedágio, jogando carros grandes longe, como se fossem brinquedos. Engatinhei para fora da fenda e saí correndo de debaixo da ponte, olhando ao redor sem acreditar, sentindo a pontada da chuva em cada centímetro do meu corpo.

— Shepley! — gritei, me dobrando. Segurei sua mochila com força, abraçando-a como se fosse ele.

A chuva parou, e eu observei enquanto o tornado crescia, deslizando graciosamente em direção a Emporia.

Corri até o Charger e parei em cima da colina. O pedágio agora era um rastro de destruição, com carros destroçados e escombros espalhados para todo lado. A batida entre o caminhão e o SUV não estava mais lá, deixando um enorme pedaço de lata retorcida no lugar.

Poucos momentos antes, Shepley e eu estávamos viajando para ver meus pais. Agora, eu estava no meio do que parecia um campo de guerra.

A água ainda espirrava para cima do Charger.

— Estávamos aqui agora há pouco — sussurrei para ninguém. — Ele estava aqui agora há pouco! — Meu peito oscilou, mas, não importava quanto eu inspirasse, não conseguia sorver o ar. Minhas mãos foram até os joelhos, que atingiram o chão. Um soluço atravessou minha garganta, e eu chorei.

Esperei que ele viesse correndo até mim e me garantisse que estava bem. Quanto mais eu esperava sozinha no Charger, mais entrava em pânico. Shepley não ia voltar. Talvez ele estivesse em algum lugar, machucado. Eu não sabia o que fazer. Se saísse para procurá-lo, ele poderia vir até o Charger, e eu não estaria ali.

Respirei fundo, secando a chuva e as lágrimas do rosto.

— Por favor, volta pra mim — sussurrei.

Luzes vermelhas e azuis refletiram no asfalto. Olhei por sobre o ombro e vi um carro de polícia estacionado atrás de mim. Um policial saiu e veio correndo, se ajoelhou a meu lado e colocou a mão delicada em minhas costas. "Reyes", estava gravado no distintivo preso no bolso da frente da camisa. Ele ajeitou o quepe de feltro azul, e a estrela de bronze presa na frente dizia "Patrulha Rodoviária do Kansas".

— Você está machucada? — Reyes estendeu os braços largos, colocando um cobertor sobre meus ombros.

Não percebi que estava com muito frio até o doce alívio do calor penetrar minha pele.

O oficial se assomava sobre mim, maior que Travis. Ele tirou o quepe, revelando a cabeça raspada. Sua expressão era grave, não importava sua intenção. Duas rugas profundas separavam as sobrancelhas pretas e grossas, e seu olhar se aguçou quando ele olhou para mim.

Balancei a cabeça.

— Esse veículo é seu?

— Do meu namorado. A gente se abrigou embaixo da passarela.

Reyes olhou ao redor.

— Bom, isso foi burrice. Onde ele está?

— Não sei. — Quando falei as palavras em voz alta, uma nova dor me queimou e eu desabei, mal conseguindo me segurar quando minhas mãos bateram na estrada molhada.

— O que é isso? — ele perguntou, apontando para a mochila nos meus braços.

— É... é dele. Ele me deu antes de...

Um zunido alto soou, e Reyes falou:

— Dois-dezenove para Base H. Dois-dezenove para Base G. Câmbio.

— Dois-dezenove, prossiga — disse uma voz feminina através do rádio, em um tom completamente tranquilo.

— Tem um grupo de pessoas que estava abrigado embaixo da junção entre a Highway 50 e a I-35. — Ele vasculhou a área, vendo pessoas machucadas espalhadas por todo o pedágio. — O tornado passou por aqui. Dez-quarenta-e-nove para este local. Vamos precisar de assistência médica. O máximo que puderem liberar.

— Entendido, dois-dezenove. Estão sendo enviadas ambulâncias para o local.

— Dez-quatro — disse Reyes, voltando a atenção para mim.

Balancei a cabeça.

— Não vou a lugar nenhum. Tenho que procurá-lo. Ele pode estar machucado.

— Pode, sim. Mas você não pode ir procurá-lo antes de cuidar disso aí. — E apontou com a cabeça para o meu antebraço.

Um talho de cinco centímetros tinha rasgado a minha pele, e o sangue se misturava à chuva, escorrendo do ferimento para o asfalto.

— Ai, meu Deus — falei, segurando o braço. — Eu nem sei como aconteceu. Mas eu... não posso ir embora. Ele está em algum lugar por aqui.

— Você vai embora. Depois pode voltar — disse Reyes. — Agora você não vai poder ajudá-lo.

— Ele vai voltar pra cá. Pro carro.

Reyes assentiu.

— Ele é esperto?

— Ele é brilhante, porra.

O policial conseguiu dar um sorriso, que aliviou seu olhar intimidador.

— Então, o hospital é o segundo lugar onde ele vai te procurar.

7

America

Encostei no curativo em meu braço, a pele ao redor ainda vermelha e irritada depois de ser limpa e costurada. Eu me sentia mais confortável na roupa de hospital azul-bebê que a enfermeira tinha me dado do que na camiseta regata e no short jeans, molhados e frios. Eu estava sentada na sala de espera do pronto-socorro havia uma hora, ainda segurando o cobertor de lã de Reyes, tentando pensar em como contar a Jack e Deana o que tinha acontecido com o filho deles — não que eu pudesse fazer isso, na verdade. As linhas telefônicas estavam fora do ar.

O hospital tinha se tornado um fluxo constante de mortos e moribundos, feridos e perdidos. Um grupo de crianças tinha sido levado para lá, todas cobertas de lama, mas sem um arranhão. Acho que tinham sido separadas dos pais. Uma quantidade duas vezes maior de pais havia aparecido ali, procurando os filhos desaparecidos.

A sala de espera tinha se tornado um tipo de triagem, e eu acabei em pé encostada na parede, sem saber o que estava esperando. Uma mulher roliça estava sentada a meio metro de mim, abraçando quatro crianças pequenas, todas com o rosto manchado de sujeira e lágrimas. Ela usava uma camiseta verde que dizia "Creche Crianças Primeiro" numa letra infantil. Estremeci, sabendo que as crianças que ela estava abraçando eram apenas algumas poucas entre as que estavam sob seus cuidados.

Meus pés começaram a ir em direção à porta, mas uma mão segurou meu ombro. Durante meio segundo, o alívio e uma alegria absurda me tomaram como uma onda. Meus olhos se encheram de lágrimas antes mesmo de eu me virar. Apesar de Reyes ser uma visão agradável, a decepção de não ser Shepley me derrubou.

Abafei um soluço enquanto meus joelhos ficavam fracos, e Reyes me ajudou a me sentar.

— Ei! — disse ele. — Ei, moça. Vamos com calma. — Seus braços largos eram do tamanho da minha cabeça, e ele tinha uma ruga profunda permanente entre as sobrancelhas. Estava ainda mais funda agora, enquanto ele observava meu estado mental confuso.

— Achei que fosse ele — falei quando me recuperei, se é que isso era possível depois de ficar tão arrasada novamente.

— O Shepley? — ele perguntou.

— Você o encontrou?

Reyes hesitou, mas depois balançou a cabeça.

— Ainda não. Mas encontrei você duas vezes, então posso encontrá-lo uma vez.

Eu não sabia se era possível me sentir mais desesperada. Emporia tinha sido atingida com violência. Uma parede inteira do hospital fora arrancada, e os vidros se espalharam pelo chão. Os carros no estacionamento haviam se empilhado. Um deles estava em cima dos galhos de uma árvore. Milhares de pessoas estavam sem água e energia, e esses eram os sortudos. Centenas estavam desabrigados, e dezenas desaparecidos.

No meio da devastação, eu não conseguia nem pensar por onde começar a procurar Shepley. Eu estava a pé e não tinha suprimentos. Ele estava lá fora em algum lugar, esperando por mim. Eu precisava encontrá-lo.

Reyes me ajudou a levantar.

— Vai devagar — disse ele. — Vou tentar encontrar um lugar tranquilo pra você esperá-lo.

— Estou esperando há uma hora. O único motivo para ele não ir até o carro nem vir aqui me encontrar é... — Engoli a dor, me recusando a chorar de novo. — E se ele estiver machucado?

— Moça — ele se colocou no meu caminho —, não posso deixá-la...

— America.

— Como é?

— Meu nome é America. Eu sei que você está ocupado. Não estou pedindo sua ajuda, só estou pedindo pra você sair da minha frente.

Ele franziu o cenho.

— Você acabou de costurar o braço e vai sair andando por aí? Vai escurecer daqui a algumas horas.

— Sou adulta.

— Mas não muito esperta.

Inclinei a cabeça para ele.

— Aqui está o seu cobertor.

— Pode ficar com ele — disse Reyes.

Dei um passo para o lado, mas ele acompanhou.

— Sai da minha frente, Reyes.

Tentei contorná-lo, mas ele me bloqueou de novo, suspirando.

— Estou me preparando para voltar a patrulhar. Me dá cinco minutos e eu te levo na viatura.

Olhei para ele, incrédula.

— Não posso ir na viatura com você! Eu tenho que encontrar o Shepley!

— Eu sei — disse ele, olhando ao redor e fazendo sinal para eu falar baixo. — Eu vou para aquele lado. Nós dois vamos procurá-lo.

Levei um instante para responder.

— Sério?

— Mas, no escuro...

— Eu entendo — falei, assentindo. — Você pode me trazer de volta pra cá.

— Vou perguntar para algumas pessoas. Tem um abrigo da Cruz Vermelha. E talvez o pessoal de gestão de emergências já tenha se estruturado. Você não pode passar a noite aqui. Não vai conseguir dormir.

Minha vontade era sorrir, mas não consegui.

— Obrigada.

Ele se remexeu, desconfortável com minha gratidão.

— Tudo bem. O carro está nessa direção — disse, apontando para o estacionamento.

Coloquei a mochila de Shepley nos ombros e segui Reyes até o lado de fora, sob o céu tempestuoso. Como meu cabelo ainda estava úmido, eu o enrolei e dei um nó, formando um coque, afastando-o do rosto. Meus pés deslizavam na sola molhada das sandálias, os dedos dos pés sensíveis com o ar frio.

— De onde você é? — perguntou Reyes, apertando o botão no chaveiro.

Nós dois nos ajeitamos nos bancos, que pareciam quentes e macios.

— Eu cresci em Wichita, mas faço faculdade em Eakins, Illinois.

— Ah, na Universidade Eastern?

Fiz que sim com a cabeça.

— Meu irmão estudou lá. Mundo pequeno.

— Meu Deus, esses bancos parecem de veludo. — Suspirei, me recostando.

Reyes fez uma careta.

— Acho que você está desconfortável há tempo demais. Eles parecem mais um assento de vaso sanitário.

Soltei uma risada pelo nariz, sem conseguir formar um sorriso.

Seus olhos se suavizaram.

— Nós vamos encontrá-lo, America.

— Se ele não me encontrar primeiro.

Shepley

A chuva respingou em minhas pálpebras e eu acordei. Pisquei, cobrindo os olhos com a mão, e meu ombro reclamou na mesma hora... depois minhas costas... e todo o resto. Empurrei o corpo para me sentar e vi que estava num campo verde. Acho que era soja. Havia escombros ao meu redor — tudo, desde roupas até brinquedos e pedaços de madeira. Uns cinquenta metros à frente, uma luz reluzia no metal retorcido de uma bicicleta. Fiz uma careta.

Meu ombro pareceu duro conforme tentei esticá-lo, e rosnei quando a pontada se transformou em fogo disparando pelo meu braço. Minha camiseta, que era branca, estava imunda de lama misturada com vermelho no local da dor.

Estiquei a gola com os dedos e vi uma confusão de lacerações que se estendia por uns quinze centímetros, de pouco acima do coração até a ponta do ombro esquerdo. Quando me mexi, um objeto estranho se moveu junto, me apunhalando por dentro. Toquei meu corpo e gemi. Doeu à beça, mas o que tinha rasgado minha pele ainda estava lá dentro.

Com os dentes trincados, abri o ferimento com a ponta dos dedos. Dava para ver camadas de pele e músculo, e depois outra coisa, que não era osso. Era um pedaço de madeira marrom, com uns três centímetros de largura. Usando os dedos como pinças, enfiei a mão lá dentro, gritando enquanto tirava o enorme estilhaço do ombro. O som de sangue espirrando e o desconforto da dor fizeram minha cabeça girar, mas, pouco a pouco, arranquei a estaca e a deixei cair no chão. Caí para trás, olhando para o céu gotejante, esperando a tontura e o enjoo desaparecerem, ainda tentando vasculhar minhas últimas lembranças.

Meu sangue gelou. *America*.

Lutei para me levantar, segurando o braço esquerdo contra o corpo.

— Mare? — gritei. — America! — Girei num círculo, procurando o pedágio, tentando escutar pneus zunindo no asfalto.

Dava para ouvir apenas o canto dos pássaros e uma leve brisa soprando a plantação de soja.

Raios de sol caíam do céu à minha direita, ajudando a me orientar. Era o meio da tarde, e isso significava que eu estava de frente para o sul. Eu não fazia ideia da direção para a qual havia sido arremessado.

Olhei para cima e me lembrei das últimas palavras que tinha dito a America. Eu sentira que estava sendo puxado e não queria que ela visse aquilo. Achei que era a última coisa da qual eu poderia protegê-la. Em seguida, fui lançado para o ar. A sensação era difícil de processar, talvez como saltar de paraquedas, mas através de uma chuva de meteoros. Eu tinha sido atingido pelo que pareciam pedras minúsculas e, no instante seguinte, uma bicicleta colidiu em minhas pernas e minhas costas. Depois, fui jogado ao chão.

Pisquei, sentindo o pânico subir até a garganta. O pedágio estava na minha frente ou atrás de mim. Eu não sabia como me localizar, muito menos minha namorada.

— America! — gritei de novo, apavorado com a possibilidade de ela também ter sido sugada.

Ela podia ter sido arremessada à mesma distância que eu, ou ainda estar encolhida na fenda da passarela.

Decidi simplesmente caminhar na direção sul, na esperança de chegar a alguma estrada e conseguir determinar a que distância estava do último local em que vira minha namorada. A soja roçava em minha calça jeans molhada. Minhas roupas estavam pesadas por causa da grossa camada de lama, e meus sapatos pareciam blocos de concreto. Meu cabelo estava grudado com cascalho e sujeira molhada, e meu rosto também.

Conforme eu me aproximava da borda da plantação, vi um grande pedaço de metal com as palavras "Emporia Terra & Cascalho". Quando subi uma pequena colina, vi as ruínas da empresa, as pilhas de material espalhadas pelo vento — o mesmo que tinha me carregado por pelo menos meio quilômetro do local onde eu havia me abrigado.

Meus pés afundavam no solo e na terra ensopados de chuva, passando por cima de enormes pedaços de estrutura de madeira e metal que antes eram um galpão. Caminhões estavam virados a mais de cem metros de distância.

Congelei quando cheguei perto de um amontoado de árvores. Um homem estava retorcido nos galhos, com todos os orifícios repletos de cascalho. Engoli a bile que borbulhou em minha garganta. Estendi a mão para cima, mal conseguindo encostar na sola de sua bota.

— Senhor? — falei, em um sussurro. Eu nunca tinha visto algo tão horripilante.

Seu pé balançou, sem vida.

Cobri a boca e continuei andando, gritando o nome de America. *Ela está bem. Eu sei que está. E está me esperando.* As palavras se tornaram um mantra, uma oração, conforme eu atravessava o campo sozinho, me arrastando pela lama e pela grama, até ver as luzes piscantes, vermelhas e azuis, de uma ambulância.

Com energia renovada, corri em direção ao caos, esperando em Deus que eu não apenas encontrasse America, mas a encontrasse ilesa. Ela devia estar tão preocupada comigo quanto eu estava com ela, por isso a urgência de acalmar suas lágrimas era tão forte quanto a necessidade de encontrá-la em segurança.

Três ambulâncias estavam estacionadas ao longo do pedágio, e eu corri até a mais próxima, observando os paramédicos colocarem uma jovem lá dentro. Ao ver que não era America, o alívio me dominou.

O paramédico olhou de relance para mim e depois voltou a olhar, virando na minha direção.

— Ei. Você está machucado?

— Meu ombro — falei. — Tirei um estilhaço do tamanho de uma caneta.

Olhei ao redor enquanto ele analisava meu ferimento.

— É, você vai precisar levar pontos. E com certeza precisa limpar o ferimento.

Balancei a cabeça.

— Você viu uma loira bonita, de vinte e poucos anos, mais ou menos dessa altura? — perguntei, levando a mão até a altura do meu olho.

— Vi várias loiras hoje, meu amigo.

— Ela não é só uma loira. Ela é linda, tipo, epicamente maravilhosa.

Ele deu de ombros.

— O nome dela é America — falei.

Ele pressionou os lábios numa linha fina e depois balançou a cabeça.

— Namorada?

— A gente derrapou no pedágio e caiu numa vala. Nos abrigamos embaixo de uma passarela, mas não tenho certeza de onde estou.

— Um Charger vintage? — perguntou ele.

— Isso.

— Deve ter sido naquela passarela ali — disse o paramédico, apontando com a cabeça para oeste. — Porque o seu carro está a uns trezentos metros naquela direção.

— Você viu uma loira bonita esperando por perto?

Ele balançou a cabeça.

— Obrigado — falei, indo em direção à passarela.

— Não tem ninguém lá. Todo mundo que se abrigou na passarela está no hospital ou na tenda da Cruz Vermelha.

Virei devagar, me sentindo frustrado.

— Você realmente precisa limpar e costurar isso aí, cara. E ainda tem tempestades se aproximando. Deixa eu te dar uma carona até o hospital.

Olhei ao redor e fiz que sim com a cabeça.

— Valeu.

— Qual é o seu nome? — Ele fechou as portas traseiras e bateu duas vezes numa delas com a lateral do punho.

A ambulância começou a se mover e fez um retorno antes de seguir em direção a Emporia, com as luzes e as sirenes ligadas.

— Hum... aquela era a nossa carona.

— Não, esta é a sua carona — disse ele, me conduzindo até um SUV vermelho e branco. Na porta estava escrito "Comandante do Corpo de Bombeiros". — Entra.

Quando ele sentou ao volante, me deu uma olhada de cima a baixo.

— Você foi arrastado, né? A que distância?

Dei de ombros.

— Até o outro lado daquela empresa de cascalho. Tinha um corpo... na árvore.

Ele franziu o cenho, depois assentiu.

— Vou notificar o pessoal. Eu diria que você foi arrastado por uns quatrocentos metros. Você teve sorte de só sair com um arranhão.

— É um arranhão e tanto — falei, alongando instintivamente o ombro até sentir uma pontada.

— Concordo — disse ele, diminuindo a velocidade quando nos aproximamos do Charger.

Encarei meu carro quando passamos, vendo que ele ainda estava submerso. America não estava lá.

Minha garganta se fechou.

— Se ela não está na passarela nem no Charger, deve ter ido pro hospital.

— Concordo com isso também — disse o comandante.

— Espero que tenha sido pra se abrigar, e não por estar machucada.

Ele suspirou.

— Você vai descobrir daqui a pouco. Primeiro, alguém vai limpar esse seu ferimento.

— Vai escurecer daqui a pouco.

— Bom, você definitivamente não vai encontrá-la à noite.

— É por isso que eu não posso perder tempo.

— Eu não sou seu pai, mas te digo que, se o corte infeccionar, você não vai conseguir procurá-la amanhã. Cuide de você, depois procure a sua namorada.

Suspirei e soquei a porta com a lateral do punho, com muito mais força do que o comandante havia batido na porta da ambulância.

Ele me deu uma olhada de lado.

— Desculpa — murmurei.

— Tudo bem. Se fosse minha esposa, eu estaria igual.

Olhei para ele.

— É?

— Vinte e quatro anos. Duas filhas crescidas. Você vai se casar com essa garota?

Engoli em seco.

— Eu tinha um anel na mochila.

Ele me deu um meio sorriso.

— E onde está a mochila?

— Eu dei pra ela segurar antes de ser levado pelo vento.

— Boa. Ela deve estar se agarrando à mochila pra se proteger, e nem desconfia. Vai ter duas boas surpresas quando te encontrar.

— Espero que sim.

O comandante fez uma careta.

— Espera? Para onde vocês estavam indo?

— Pra casa dos pais dela.

— Ela ia te apresentar para os pais? Parece que as suas chances eram muito boas.

— Eu já conheço os pais dela — falei, olhando pela janela. Eu deveria estar indo na direção contrária com America, mas em vez disso estava voltando a Emporia para encontrá-la. — A gente já se viu várias vezes. E eu já pedi pra ela casar comigo... várias vezes.

— Ah. Você ia pedi-la em casamento de novo?

— Achei que devia tentar pela última vez.

— E se ela disser "não"?

— Ainda não decidi. Talvez eu pergunte o motivo. Talvez pergunte quando. Talvez me prepare pra ela me deixar um dia.

— Talvez seja hora de ela te pedir em casamento.

Meu rosto se contorceu.

— Não. — Dei uma risada. — Ela sabe que eu não ia gostar. As coisas estavam bem. Pensando agora, não faz sentido eu ter ficado tão chateado. Estávamos seguindo em direção ao casamento. Começamos a morar juntos há pouco tempo. Ela estava comprometida comigo. Ela me ama. Nós dois ficamos arrasados por minha causa.

O comandante balançou a cabeça.

— Juntaram os trapos, é? Isso explica tudo. Minha esposa sempre diz para as minhas filhas: "Por que comprar a vaca se você consegue o leite de graça?" Aposto que ela teria dito "sim" se você a fizesse esperar pra dividir a cama com você.

Soltei uma risada.

— Talvez. Nós praticamente já morávamos juntos, de qualquer maneira. Ou eu estava no quarto dela no dormitório, ou ela estava na minha casa.

— Ou... se ela concordou em morar com você, é possível que só esteja levando as coisas no ritmo dela. Ela não disse "adeus". Só disse "não".

— Se ela disser "não" de novo, tenho quase certeza que vai significar um adeus.

— Às vezes, um adeus é uma segunda chance. Clareia a mente. De qualquer maneira... sentir falta de alguém te faz lembrar por que você amava aquela pessoa.

Engasguei, depois tentei afastar a emoção da voz. Eu não conseguia me imaginar sem America.

Eu não estava apenas apaixonado por ela. Era como respirar pela primeira vez, depois pela segunda, e cada respiração que veio depois. America tinha entrado em minha vida e se tornou minha razão de viver.

— Ela é especial, sabe? É filhinha de papai, mas te manda tomar em certos lugares se não gostar do que você tem a dizer. Ela é capaz de derrotar um gigante pra proteger a melhor amiga. Odeia despedidas. Usa uma pequena cruz de ouro pendurada no pescoço e fala palavrão feito um marinheiro. Ela é meu "felizes para sempre".

— Pelo jeito essa garota é fogo. Talvez ela tenha dito "não" para garantir que você não vai embora ao menor sinal de dificuldade. Eu vivo cercado de mulheres e posso te dizer... às vezes elas nos testam para ver se não vamos fugir.

— Eu estava me enganando. — Minha voz soou fraca.

O comandante ficou calado.

— Eu não diria...

— Quando a gente se encontrar, vou pedi-la em casamento. Vou pedir quantas vezes forem necessárias, mas o simples fato de estar com ela já é suficiente. Eu tive que ser literalmente arrancado dela pra entender isso.

Ele deu uma risadinha.

— Você não seria o primeiro homem a precisar de uma sacudida.

— Preciso encontrar a America.

— Você vai.

— Ela está bem. Certo?

O comandante olhou para mim. Percebi que ele não queria fazer uma promessa que não poderia cumprir, então simplesmente assentiu, e as rugas ao redor de seus olhos claros se aprofundaram.

— É melhor você encontrar uma mangueira de jardim antes, senão ela não vai nem te reconhecer. Parece que você perdeu uma briga para um torno de cerâmica.

Dei risada, mas resisti à vontade de tirar a lama seca do rosto, sem querer fazer uma sujeira maior do que já tinha feito na caminhonete do comandante.

— Você vai encontrá-la — disse ele. — E vai se casar com ela.

Dei um sorriso simpático e assenti, vasculhando o rosto de todos por quem passávamos a caminho do hospital.

8

America

Reyes estava cuidando de uma avó e seu neto adolescente, que tinham saído engatinhando de seu trailer residencial duplo. Ele estava patrulhando as estradas e desvios num raio de três quilômetros de onde havia me resgatado, mas não tínhamos encontrado Shepley nem ninguém que o tivesse visto. Eu estava revoltada por não ter nem uma foto dele. Estavam todas no meu celular, que havia afundado em algum lugar do rio. A bateria já estava acabando enquanto eu verificava a previsão do tempo, então ele devia estar apagado agora.

Explicar a aparência de Shepley era difícil. Cabelo castanho curto, olhos cor de mel, alto, bonito, corpo atlético, um metro e oitenta e dois. Não ter nenhuma marca distinta tornava minha descrição um pouco simplória, apesar de ele não ser nada simplório. Pela primeira vez, desejei que ele fosse um gigante tatuado, como Travis.

Travis. Aposto que ele e Abby estavam muito preocupados.

Voltei para a viatura e sentei no banco do passageiro.

— Alguma notícia boa? — Reyes perguntou.

Balancei a cabeça.

— A sra. Tipton também não viu o Shepley.

— Obrigada por perguntar. Eles estão bem?

— Um pouco feridos, mas vão sobreviver. A sra. Tipton perdeu seu terrier, chamado Chefão. — Suas palavras eram vazias, mas ele escrevia tudo no bloco.

— Que triste.

Reyes assentiu, continuando a fazer anotações.

— Com tudo isso acontecendo, você vai ajudá-la a encontrar o cachorro? — perguntei.

Ele olhou para mim.

— Os netos dela a visitam duas vezes por ano. Esse cachorro é a única coisa entre ela e a solidão. Então, sim, vou ajudá-la. Não posso fazer muita coisa, mas vou fazer o que posso.

— Bacana da sua parte.

— É o meu trabalho — disse ele, continuando a escrever.

— A patrulha rodoviária ajuda a encontrar animais?

Ele me olhou feio.

— Hoje, sim.

Ergui o queixo, me recusando a deixar seu tamanho e sua expressão intimidadora me atingirem.

— Tem certeza que não tem jeito de pedir ajuda?

— Posso te levar para a delegacia.

Vasculhei o estrago que havia sido deixado no estacionamento de trailers.

— Depois que escurecer. Temos que continuar procurando.

Reyes assentiu, apagou a luz interna do carro e deu partida.

— Sim, senhora.

Paramos no pedágio e, pela segunda vez, ele dirigiu até a passarela para verificar se a equipe de emergência que estava ali tinha visto Shepley.

— Obrigada mais uma vez. Por tudo.

— Como está o seu braço? — perguntou ele, olhando de relance para o meu curativo.

— Doendo.

— Imagino.

— Você tem família aqui? — perguntei.

— Tenho, sim. — Seu maxilar definido se mexeu sob a pele, desconfortável com a pergunta pessoal.

Ele não quis continuar o assunto, então é claro que eu não iria parar ali.

97

— Eles estão bem?

Depois de um segundo de hesitação, ele falou:

— O tornado não passou tão perto delas, mas foi por pouco. Minha mulher estava meio abalada.

— Delas?

— Menininha nova em casa.

— Nova quanto?

— Três semanas.

— Aposto que você ficou preocupado.

— Apavorado — disse ele, olhando para a frente. — Já verifiquei como elas estão. Um pequeno estrago no telhado. E danos do granizo na nova minivan.

— Ah, não. Que chato.

— Não era nova. Só era nova pra gente. Mas não foi nada importante.

— Que bom — falei. — Fico feliz. — Olhei para o relógio do rádio, sentindo minhas sobrancelhas se aproximarem. — Já se passaram duas horas. — Fechei os olhos. — Esta era pra ser *a* viagem. Não parei de dar indiretas.

— Sobre o quê?

— Pra ele me pedir... em casamento.

— Ah. — Ele franziu a testa. — Há quanto tempo vocês estão juntos?

— Quase três anos.

Ele bufou.

— Eu pedi a Alexandra em casamento depois de três meses.

— Ela disse "sim"?

Ele ergueu uma sobrancelha.

— Eu não — falei, tirando lama seca das mãos. — Ele já me pediu.

— Ai.

— Duas vezes.

O rosto de Reyes se contorceu.

— Que maldade...

— O primo dele e a minha melhor amiga se casaram. Eles fugiram pra casar depois de um acidente horrível na faculdade, e eu...

— O incêndio?

— É... Você ficou sabendo?

— Meu irmão estudava lá, lembra?

— É mesmo.

— E aí, eles se casaram? E deu errado?

— Não.

— E isso te impediu de casar com o cara que você ama?

— Bom, quando você coloca as coisas desse jeito...

— E que outro jeito existe?

— O colega de apartamento dele, o Travis, se casou. Então, na primeira vez, ele meio que fez o pedido como algo sem importância, na esperança de que nossos pais nos deixassem morar juntos. Meus pais não aceitaram... nem um pouco. Mas eu não queria casar só pra manipular uma situação, como o Travis e a Abby. O Travis também é primo dele, e a Abby é minha melhor amiga. — Olhei para Reyes para ver sua expressão. — Eu sei. É confuso.

— Só um pouco.

— Aí ele me pediu em casamento três meses depois, e eu achei que ele só estava pedindo porque o Travis e a Abby tinham se casado. O Shep admira o Travis. Mas eu não estava preparada.

— É justo.

— Agora — soltei um longo suspiro —, eu estou preparada, mas ele não faz o pedido. Ele está falando em ser olheiro de futebol americano.

— E daí?

— E daí que ele vai ficar fora durante boa parte do ano. — Balancei a cabeça, cutucando as unhas sujas. — Tenho medo de nos afastarmos cada vez mais.

— Olheiro, é? Interessante. — Ele se ajeitou no assento, se preparando para o que ia dizer em seguida. — O que tem na mochila?

Dei de ombros, olhando para a mochila no meu colo.

— As coisas dele.

— Que tipo de coisas?

— Sei lá. Uma escova de dentes e roupas pro fim de semana. Íamos visitar os meus pais.

— Você queria que ele te pedisse em casamento na casa dos seus pais? — Mais uma vez, sua sobrancelha se arqueou.

Lancei um olhar para ele.

— E daí? Isso está começando a parecer cada vez menos uma conversa e mais um interrogatório.

— Estou curioso para saber por que essa mochila é tão importante. Foi a única coisa, além de vocês dois, a sair do carro. Ele te deu antes de ser levado da passarela. Essa mochila é importante.

— Aonde você quer chegar?

— Só quero ter certeza de que não estou transportando drogas na minha viatura.

Minha boca se abriu e depois fechou de repente.

— Eu te ofendi? — perguntou Reyes, apesar de claramente não se sentir nem um pouco incomodado pela minha reação.

— O Shepley não usa drogas. Quase nem bebe. Ele compra uma cerveja e fica com ela a noite toda.

— E você?

— Não!

Ele não se convenceu.

— Você não precisa usar drogas para vender. Os melhores traficantes não usam.

— Não somos traficantes, nem contrabandistas, nem qualquer termo que se use atualmente.

Reyes parou no acostamento, ao lado do Charger afundado. A água e os escombros entravam pelas janelas abertas.

— Vai custar muito caro para consertar isso. Como é que ele vai pagar o conserto?

— Ele e o pai são apaixonados por carros antigos.

— Projeto de restauração para unir pai e filho? Tudo pago com o dinheiro do papai?

— Eles não precisam de união. Ele é muito próximo dos pais. Sempre foi um bom filho e é um homem ainda melhor. Sim, eles têm dinheiro, mas ele tem um emprego. Ele se sustenta.

Reyes olhou feio para mim. Ele era simplesmente... enorme. Mesmo assim, eu não tinha nada a esconder e não o deixaria me intimidar.

— Ele trabalha num banco — soltei. — Você realmente acha que eu estou escondendo drogas nessa mochila?

— Você está abraçada a ela como se fosse feita de ouro.

— É dele! É a única coisa que eu tenho dele, além desse carro afundado! — As lágrimas queimaram meus olhos quando a percepção do que eu disse formou um nó em minha garganta.

Reyes esperou.

Pressionei os lábios e puxei o zíper com força até abri-lo. Tirei a primeira coisa que vi: uma das camisetas de Shepley. Era sua favorita, uma cinza-escura da Universidade Eastern. Segurei-a junto ao peito, entrando em colapso instantaneamente.

— America... não... não chora. — Reyes parecia ao mesmo tempo indignado e desconfortável, tentando olhar para qualquer lugar além de mim. — Isso é constrangedor.

Peguei outra camiseta e, depois, uma bermuda. Quando os desenrolei, uma caixinha caiu dentro da mochila.

— O que é isso? — ele perguntou num tom acusatório.

Enfiei a mão na mochila e tirei a caixa, levantando-a com um enorme sorriso.

— É o... é o anel que ele comprou. Ele trouxe. — Inspirei de um jeito entrecortado, minha expressão desabando. — Ele ia me pedir em casamento.

Reyes sorriu.

— Obrigado.

— Por quê? — perguntei, abrindo a caixa.

— Por não transportar drogas. Eu ia odiar te prender.

— Você é um babaca — falei, secando os olhos.

— Eu sei. — Ele abriu a janela para falar com outro policial.

Com a ajuda da Guarda Nacional, o pedágio tinha sido esvaziado e o tráfego estava fluindo outra vez, mas, quando o sol começou a se pôr, mais um grupo de nuvens escuras começou a se formar no horizonte.

— Que sinistro — falei.

— Acho que já passamos pela parte sinistra.

Franzi a testa, me sentindo impaciente.

— Temos que encontrar o Shepley antes do anoitecer.

— Estou trabalhando nisso. — Ele fez um sinal com a cabeça para o oficial que se aproximava. — Landers!

— Como estão as coisas? — Landers perguntou.

Com o policial de pé ao lado da janela, mesmo estando numa viatura, me senti como se tivéssemos sido parados pela polícia e a qualquer minuto Landers fosse perguntar a Reyes se ele sabia a que velocidade estava dirigindo.

— Estou com uma garotinha no meu carro...

— Garotinha? — sibilei.

Ele suspirou.

— Estou com uma jovem no meu carro que está procurando o namorado. Eles se abrigaram embaixo da passarela quando o tornado passou.

Landers se inclinou e me olhou de cima a baixo.

— Ela teve sorte. Nem todo mundo escapou.

— Tipo quem? — perguntei, inclinando-me o suficiente para ver melhor.

— Não tenho certeza. Você acredita que um cara foi jogado a quatrocentos metros daqui e voltou correndo até a passarela, procurando alguém? Ele estava coberto de lama. Parecia uma barra de chocolate derretida.

— Ele estava sozinho? Você lembra o nome dele? — perguntei.

Landers balançou a cabeça, ainda rindo da própria piada.

— É um nome esquisito.

— Shepley? — Reyes perguntou.

— Talvez.

— Ele estava machucado? O que ele estava vestindo? Tinha vinte e poucos anos? Olhos castanhos?

— Calma, calma, moça. O dia foi longo — disse Landers, se endireitando.

102

Eu só conseguia ver a cintura dele.

Reyes olhou para ele.

— Vamos lá, Justin. Ela está procurando o cara há horas. Ela o viu ser sugado por um maldito tornado.

— Ele tinha um ferimento grande no ombro, mas vai sobreviver se o comandante do corpo de bombeiros conseguir convencê-lo a cuidar do machucado. Estava desesperado para encontrar sua, hum... como foi que ele disse? Sua namorada epicamente maravilhosa. — Landers parou e se inclinou. — America?

Meus olhos se arregalaram, e minha boca se abriu em um sorriso largo.

— Sim! Sou eu! Ele esteve aqui? Me procurando? Você sabe pra onde ele foi?

— Para o hospital... te procurar — disse Landers, inclinando o quepe. — Boa sorte, moça.

— Reyes! — falei, agarrando seu braço.

Ele assentiu e acendeu as luzes, dando partida. Quicamos quando a viatura atravessou o canteiro central e Reyes afundou o pé no acelerador, passando pela barreira do pedágio em direção a Emporia... e a Shepley.

❦

Shepley

A enfermeira balançou a cabeça, passando uma bola de algodão num corte na minha orelha.

— Você teve sorte. — Ela piscou os cílios compridos e estendeu a mão para trás, procurando alguma coisa sobre a bandeja prateada ao lado da maca.

O pronto-socorro estava lotado. Os quartos só estavam disponíveis para casos mais urgentes. A triagem foi montada na sala de espera, e eu tinha esperado mais de uma hora até uma enfermeira finalmente chamar meu nome e me conduzir para uma maca no corredor, onde esperei durante mais uma hora.

— Não acredito que você vai sair daqui andando.

— Está ficando tarde. Preciso encontrar a America antes de escurecer.

A enfermeira sorriu. Era uma mulher miúda, e achei que tinha acabado de sair da faculdade de enfermagem até ela abrir a boca. Ela me lembrava muito America — forte, confiante e não aceitava as merdas que alguém jogasse em cima dela.

— Como eu te disse, já verifiquei — disse ela. — A America está no sistema, o que significa que passou por aqui. Ela provavelmente está te procurando. É melhor você ficar parado. Ela vai voltar.

Franzi o cenho.

— Isso não me faz sentir melhor — olhei para o seu crachá —, Brandi.

Ela fez uma careta.

— Não, mas limpar esses ferimentos vai te fazer sentir melhor. Mantenha isso limpo e seco. Você perdeu um pedacinho da orelha.

— Fantástico — murmurei.

— Foi você que se abrigou embaixo de uma passarela. Você não sabe de nada? Isso é pior do que ficar parado num campo aberto. Quando um tornado passa por cima de uma ponte, a velocidade do vento aumenta.

— Você aprendeu isso na faculdade de enfermagem?

— Estamos no Caminho dos Tornados. Se você ainda não sabe as regras, fica louco para aprender depois da primeira temporada.

— Dá pra ver o motivo.

Ela riu.

— Considere a orelha como algo para se gabar. Poucas pessoas podem dizer que viajaram num tornado e sobreviveram para contar a história.

— Acho que elas não vão ficar impressionadas com uma orelha defeituosa.

— Se você quer uma cicatriz tortuosa, vai ter uma — disse ela, apontando para o meu ombro.

Olhei para o curativo branco no meu ombro e depois para trás, em direção à porta.

— Se ela não chegar aqui em quinze minutos, vou sair de novo pra procurá-la.

— Não dá para aprontar a papelada de alta em...

— Quinze minutos — repeti.

Ela não se impressionou com a minha exigência.

— Escuta aqui, princesa. Se você ainda não percebeu, eu estou ocupada. Ela vai aparecer aqui. De qualquer maneira, tem outra tempestade se aproximando e...

Fiquei tenso.

— O quê? Quando?

Ela deu de ombros, olhando para a televisão pendurada na parede da sala de espera. Havia pessoas de todas as idades — todas ensopadas de chuva, imundas e assustadas — em pé, enroladas nas cobertas de lã do hospital. Elas começaram a formar uma multidão embaixo da tela. O meteorologista estava parado diante de um radar que se mexia alguns centímetros de cada vez. Uma mancha vermelha grande, cercada de amarelos e verdes, se aproximava dos limites da cidade de Emporia, depois começava tudo de novo, num ciclo.

— Ele vai nos engolir e nos cuspir longe — disse Brandi.

Minhas sobrancelhas se aproximaram, enquanto o pânico crescia em meu peito.

— Ela ainda está lá fora. Eu nem sei onde procurar.

— Shepley — a enfermeira falou, pegando meu queixo e me obrigando a olhar para ela —, fica quieto. Se ela voltar aqui e descobrir que você saiu, o que acha que ela vai fazer? — Como não respondi, ela soltou meu queixo, revoltada. — Ela vai fazer a mesma coisa que você faria. Sair para te procurar. Este é o lugar mais seguro para ela e, se você ficar aqui, ela vai voltar.

Agarrei a borda da maca, apertando a almofada coberta de plástico, enquanto Brandi deslizava cuidadosamente uma camisa de hospital por cima da minha cabeça. Ela me ajudou a enfiar os braços, esperando com paciência enquanto eu sofria para levantar o ombro esquerdo.

— Posso te conseguir uma camisola de hospital, em vez disso — disse ela.

— Não. Nada de camisola — falei. Resmungando, consegui manobrar o braço e colocá-lo na manga.

— Você nem consegue se vestir, mas vai sair para procurá-la?

— Não posso ficar sentado aqui, seguro e aquecido, enquanto a America está lá fora, em algum lugar. Ela provavelmente não sabe que tem outra tempestade se aproximando.

— Shepley, me escuta. Ainda estamos sob alerta de tornado.

— É impossível ser atingido duas vezes na mesma noite.

— Não é, não — disse ela. — É raro, mas acontece.

Saltei da maca, e minha respiração ficou presa na garganta quando o músculo rasgado no meu braço se mexeu.

— Tudo bem. Se você vai insistir em ser ridículo, vai ter que assinar um CIM.

— Assinar o quê?

— Um CIM. Alta Contra Indicação Médica.

— Calma aí — disse o comandante, levantando as mãos. — Aonde você pensa que vai?

Respirei pelo nariz, frustrado.

— Vem vindo mais uma tempestade, e ela ainda não voltou.

— Isso não significa que é uma boa ideia você sair na chuva.

— E se fosse a sua esposa, comandante? E se as suas filhas estivessem lá fora? Você iria?

Sirenes do alerta de tornado inundaram o ar. Estavam muito mais altas dessa vez, o zumbido assustador parecendo estar logo ali fora. Todos olharam ao redor, e o pânico começou.

Saí em direção à porta, mas o comandante se colocou à minha frente.

— Você não pode sair, Shepley! Não é seguro!

Mantendo o braço esquerdo firme em meu tronco, passei por ele e abri caminho pela sala de espera lotada, indo até a porta. O céu estava desabando de novo, soltando a chuva no estacionamento. Com pavor e descrença estampados no rosto, as pessoas que estavam lá fora corriam em direção ao pronto-socorro.

Procurei sinais de uma nuvem afunilada. Eu estava sem carro e não fazia ideia de onde America estava. Durante muitas vezes na vida tive medo, mas em nenhuma delas chegou tão perto disso. Manter as pessoas

106

amadas em segurança era uma prioridade, mas o fato é que eu não podia salvá-la.

Virei e agarrei a camisa do comandante com o punho, seu distintivo se enterrando em minha mão.

— Me ajuda — falei, tremendo de medo e frustração.

Gritos eclodiram e luzes brilharam ao longe.

— Todo mundo pros corredores! — disse ele, me empurrando de volta para a maca.

Lutei contra ele, mas, apesar de ter o dobro da minha idade, com o uso dos dois braços ele conseguia ser mais forte que eu.

— Senta! A Porra! Dessa Bunda! — ele rosnou, me empurrando em direção ao chão.

Brandi colocou um menino no meu colo e segurou mais três crianças, se agachando ao meu lado.

O menino não chorava, mas tremia descontroladamente. Pisquei e olhei ao redor, vendo rostos repletos de pavor. A maioria ali já tinha sofrido com um tornado devastador.

— Quero o meu pai — choramingou o menino no meu colo.

Eu o abracei, tentando proteger seu corpo.

— Vai dar tudo certo. Qual é o seu nome?

— Quero o meu pai — ele repetiu, à beira do pânico.

— Meu nome é Shep. Também estou sozinho. Você acha que pode ficar aqui comigo até tudo isso acabar?

Ele me olhou com os grandes olhos dourados.

— Jack.

— Seu nome é Jack?

Ele fez que sim com a cabeça.

— O meu pai também se chama Jack — falei com um sorrisinho.

Ele espelhou minha expressão, depois seu sorriso desapareceu devagar.

— É o nome do meu pai também.

— Onde ele está? — perguntei.

— A gente estava na banheira. Minha mãe... minha irmãzinha. O barulho ficou muito alto. Meu pai me abraçou com força. Com muita força.

Quando tudo acabou, ele não estava mais me abraçando. Nosso sofá estava de ponta-cabeça, e eu estava embaixo dele. Não sei onde está o meu pai. Não sei onde nenhum deles está.

— Não se preocupe — falei. — Eles vão te procurar aqui.

Alguma coisa bateu numa janela e estilhaçou o vidro. Gritos assustados mal foram registrados acima das sirenes e do vento fustigante.

Jack enterrou a cabeça em meu peito, e eu o abracei delicadamente com o braço bom, segurando o esquerdo na cintura.

— Onde está sua família? — o menino perguntou, com os olhos fechados.

— Não está aqui — respondi, espiando por sobre o ombro para ver a janela quebrada.

9

America

— *Quanto falta?* — *perguntei.*

— Três quilômetros a menos que da última vez que você perguntou — Reyes resmungou.

Ele estava dirigindo rápido, mas não o suficiente. Só de saber que Shepley estava no hospital, machucado, eu tinha vontade de saltar do carro e sair correndo, mais rápido do que estávamos indo. Tínhamos saído do pedágio para uma estrada com uma fileira estreita de casas que, não sei como, não haviam sido atingidas pelo tornado.

Abri a janela e apoiei o queixo na mão, deixando o ar soprar no meu rosto. Fechei os olhos, imaginando a reação de Shepley quando eu entrasse pela porta.

— O Landers disse que ele está bem machucado. É melhor você se preparar — Reyes comentou.

— Ele está bem. Isso é tudo que importa.

— Só não quero que você fique chateada.

— Por quê? — Virei para ele. — Achei que você era o patrulheiro fodão sem emoções.

— Sou mesmo — disse ele, se remexendo no banco. — Mas isso não significa que eu quero te ver chorando de novo.

— Sua mulher não chora?

— Não — ele respondeu sem hesitar.

— Nunca?

— Não dou motivos pra isso.

Eu me recostei no assento.

— Aposto que ela chora. Só não deve demonstrar. Todo mundo chora.

— Eu nunca a vi chorar. Ela riu muito quando a Maya nasceu.

Sorri.

— Maya. Que nome fofo.

Gotas enormes de chuva começaram a bater no para-brisa, fazendo Reyes ligar os limpadores. O vai e vem e o arrastado no vidro deram início a uma cadência que ecoava cada batida do meu coração.

Um canto de sua boca se curvou para cima.

— Ela é fofa. Bem cabeluda, cheia de cabelo preto. Nasceu parecendo que usava peruca. Ela era meio amarela na primeira semana. Achei que simplesmente tinha um bronzeado natural maravilhoso... como eu. — Ele deu um sorriso. — Mas era icterícia. Levamos ela ao médico e depois para fazer os exames. Eles furaram o pé dela com uma agulha e espremeram pra tirar uma amostra de sangue. A Alexandra não deixou cair uma lágrima. Eu chorei tanto quanto a Maya. Você acha que eu sou durão? É porque não conhece a minha esposa.

— No dia do casamento?

— Não.

— Quando ela descobriu que estava grávida?

— Não.

Pensei no assunto por um instante.

— Nem lágrimas de felicidade?

Ele balançou a cabeça.

— E as mulheres que você para na estrada? Você deixa ir embora se elas começarem a chorar?

— Me deixa desconfortável — ele respondeu simplesmente. — Não gosto disso.

— Ainda bem que você se casou com uma mulher que não chora.

— Sorte. Muita, *muita* sorte. Ela não é muito emotiva.

— Parece que ela não é nem um pouco emotiva — provoquei.

110

— Você não está muito errada. — Ele riu. — Eu nem tinha certeza se ela gostava de mim, no início. Levei dois anos e muitas horas na academia só para criar coragem de chamá-la pra sair. Até poucas semanas atrás, achei que eu nunca conseguiria amar alguém mais do que amo a Alexandra.

— Quando a Maya nasceu?

Ele fez que sim com a cabeça.

Sorri.

— Eu estava errada. Você não é um babaca.

Um som estridente ecoou pelo rádio, e a moça do outro lado começou a informar a previsão do tempo.

— Outro tornado? — perguntei.

Sirenes começaram a tocar.

— O Serviço Nacional de Meteorologia está prevendo que um tornado vai atingir os arredores de Emporia — ela disse numa voz monótona. — Todas as unidades estejam avisadas: um tornado está se aproximando.

— Como é que ela consegue ficar tão calma? — perguntei, olhando para o céu.

Nuvens pretas giravam sobre nós.

Reyes diminuiu a velocidade, encarando as densas nuvens.

— É a Delores. É função dela permanecer calma, e além disso nada abala essa mulher. Ela já fazia isso antes de eu nascer.

A voz de Delores soou de novo pelo rádio.

— Todas as unidades estejam avisadas: um tornado está se aproximando, indo para norte, nordeste. A localização atual é Prairie Street com South Avenue.

Delores continuou repetindo a previsão do tempo enquanto as sobrancelhas de Reyes se aproximavam, e ele começou a olhar freneticamente para o céu.

— O que há de errado? — perguntei.

— Estamos a um quarteirão desse local.

Shepley

O vento soprava golpes de chuva, ensopando o piso e derrubando cadeiras. Vários homens com crachá do hospital passaram correndo com pedaços grandes de compensado, martelos e pregos, e começaram a trabalhar para cobrir a área onde o vidro havia quebrado. Outros varriam os cacos espalhados pelo chão.

O comandante se levantou e foi até o local onde os homens da manutenção trabalhavam. Assim que começou a conversar com um deles, olhou pela janela. Depois, girou nos calcanhares e gritou:

— Todo mundo, sai correndo!

Ele pegou uma mulher e saltou bem na hora em que um carro atingiu o compensado e as janelas restantes, parando de lado no meio da sala de espera.

Depois de alguns segundos de silêncio atordoado, o choro e os gritos encheram o ambiente. Brandi me entregou as crianças que estava segurando e correu até o carro para socorrer os funcionários e alguns pacientes que haviam se machucado.

Levou a palma da mão até a testa de um homem, que tinha o rosto todo ensanguentado.

— Preciso de uma maca!

O comandante se mexeu e olhou para mim, atônito.

— Você está bem? — perguntei, abraçando as crianças.

Ele assentiu e ajudou a mulher que ele havia tirado da frente do carro.

— Obrigada — disse ela, mirando ao redor, confusa.

O comandante olhou através do buraco que o carro tinha feito na parede.

— Já passou.

Em seguida deu um passo em direção ao carro, mas parou quando seu rádio ligou.

Uma voz profunda de homem ecoou:

— Dois-dezenove para Base G.

— Base G. Prossiga — respondeu a atendente.

O comandante aumentou o volume do rádio, percebendo o pânico disfarçado na voz do policial.

— Oficial ferido na Highway 50 com a Sherman. Minha viatura capotou. Vários mortos e feridos nessa área, incluindo eu. Solicito dez--quarenta-e-nove para este local. Câmbio — disse ele, rosnando a última palavra.

— Qual o nível do seu ferimento, Reyes? — a atendente perguntou.

O comandante olhou para mim.

— Tenho que ir.

— Não tenho certeza — respondeu o policial. — Eu estava levando uma jovem para o hospital. Ela está inconsciente. Acho que a perna dela está presa. Vamos precisar de ferramentas. Câmbio.

— Entendido, dois-dezenove.

— Delores? — disse Reyes. — Parece que o namorado dela está no Newman Regional com o comandante do corpo de bombeiros. Você pode passar um rádio para o hospital e avisar?

— Dez-quatro, Reyes. Fique firme aí. Temos unidades a caminho.

Agarrei o braço do comandante.

— É ela. A America está com esse policial.

— A Base G é a patrulha rodoviária do pedágio. Ela está com um policial estadual.

— Não importa com quem ela está. Ele está machucado, e ela está presa lá. Ele não pode ajudá-la.

O comandante virou de costas para mim, mas apertei o braço dele com mais força.

— Por favor — falei. — Me leva até lá.

Ele fez uma careta, já contrário à ideia.

— Pelo jeito, eles vão ter que cortar as ferragens para tirá-la da viatura. Pode levar horas. Ela está inconsciente. Nem vai saber que você está lá, e você provavelmente só vai atrapalhar.

Engoli em seco e olhei ao redor enquanto pensava. O comandante pegou as chaves no bolso.

— Só... — Suspirei. — Não precisa me levar. Só me diz onde é, e eu vou até lá.

— Você vai andando? — ele indagou, sem acreditar. — Está escuro. Não ter eletricidade significa não ter luz nos postes. E não tem luar também, por causa das nuvens.

— Eu preciso fazer alguma coisa! — gritei.

— Eu sou comandante do corpo de bombeiros. Tem um oficial machucado. Vou supervisionar a remoção e...

— Eu imploro — falei, cansado demais para lutar. — Não posso ficar aqui. Ela está inconsciente, pode estar machucada e vai estar com medo quando acordar. Eu tenho que estar lá.

Ele pensou por um instante e suspirou.

— Tudo bem. Mas vê se fica longe e não atrapalha.

Fiz que sim com a cabeça e o segui quando ele virou em direção ao estacionamento. Ainda estava chovendo, o que me deixava ainda mais preocupado com ela. E se o carro tivesse caído num fosso, como o Charger? E se ela estivesse embaixo d'água?

O comandante acendeu as luzes e ligou as sirenes enquanto tirava o SUV do estacionamento do hospital. Havia cabos de eletricidade e galhos caídos para todo lado, assim como veículos de todos os formatos e tamanhos. Havia até um barco caído de lado no meio da rua. Famílias seguiam para o hospital a pé, e funcionários da prefeitura estavam em marcha acelerada, tentando remover os escombros da entrada do hospital.

— Meu Deus — o comandante sussurrou, encarando os arredores, apavorado. — Dois tornados no mesmo dia. Quem poderia imaginar?

— Eu nunca imaginaria — falei. — Mesmo olhando para tudo isso, não dá pra acreditar.

Ele virou para o sul, indo em direção a Reyes e America.

— Qual é a distância... até onde o Reyes disse que eles estavam?

— Seis quarteirões, talvez. Não sei se seremos os primeiros a chegar ao local, mas...

— Não somos — falei, já vendo as luzes piscantes.

O comandante dirigiu mais alguns quarteirões e parou no acostamento. Os primeiros a chegar já bloqueavam a estrada, e os bombeiros estavam ao redor da viatura capotada.

Corri até o veículo, mas fui impedido de me aproximar, até o comandante liberar meu acesso. Caí de joelhos perto de um paramédico, ao lado da viatura. Cercado de escombros, o veículo estava amassado em vários pontos, e todas as janelas estavam quebradas.

— Mare? — gritei, encostando o rosto na sujeira molhada.

Metade do carro ainda estava na rua, e a outra metade — o lado de America — tinha parado na grama.

Cachos loiros escapavam pela pequena abertura que antes era a janela do passageiro. As mechas compridas estavam ensopadas da chuva, rosadas em uma parte pequena.

Minha respiração ficou presa na garganta, e eu olhei para o paramédico por sobre o ombro.

— Ela está sangrando!

— Estamos cuidando disso. Você vai ter que sair daqui para eu poder cuidar dela.

Assenti.

— Mare? — repeti, estendendo a mão lá para dentro.

Eu não sabia onde estava encostando, mas senti sua pele macia. Ela ainda estava morna.

— Cuidado! — disse o médico.

— America? Está me ouvindo? É o Shep. Eu estou aqui.

— Shepley? — uma voz baixa chamou de dentro do carro.

O paramédico me empurrou para longe.

— Ela está consciente! — ele gritou para o colega.

A atividade do pessoal de emergência ao redor do carro aumentou.

— Shepley? — chamou America, dessa vez mais alto.

Um oficial me tirou do chão e me afastou.

— Estou aqui! — gritei.

Uma mão pequena se esticou para a chuva e eu caí de joelhos, engatinhando em direção a ela.

Peguei sua mão antes que alguém pudesse me impedir.

— Estou aqui, baby. Estou bem aqui. — Beijei sua mão, sentindo algo afiado nos lábios.

115

Em seu dedo anelar, estava o anel de diamantes com o qual eu tinha planejado pedi-la em casamento — de novo — nesse fim de semana, na casa dos pais dela.

Fiquei deitado no chão, segurando sua mão por alguns minutos, até um bombeiro trazer uma ferramenta hidráulica para abrir a porta à força. O oficial me tirou do caminho, e America esticou os dedos para mim outra vez.

— Shepley? — ela chorou.

— Ele vai recuar um pouco enquanto tiramos você daí, está bem? Aguente firme, moça.

O mesmo oficial de antes deu um tapinha no meu ombro. Foi aí que eu percebi que ele estava com curativos na cabeça.

— Você é o Reyes? — perguntei.

— Sinto muito. Eu tentei tirar o carro do caminho, mas não deu tempo. Assenti uma vez.

O comandante se aproximou.

— Você devia me deixar te levar para o hospital, Reyes.

— Só quando ela tiver saído dali — disse ele, encarando os bombeiros que usavam a ferramenta.

Com uma única alavanca, o bombeiro posicionou duas pinças de metal perto da porta. O gemido agudo das ferramentas hidráulicas se misturou ao zumbido alto dos carros de bombeiro.

America gritou e eu me joguei na direção da viatura.

Reyes me segurou.

— Para trás, Shepley — disse ele. — Eles vão tirá-la mais rápido se você ficar fora do caminho.

Meu maxilar ficou muito tenso.

— Estou bem aqui! — gritei.

O sol tinha se posto, e holofotes haviam sido posicionados ao redor de toda a viatura. Corpos cobertos estavam enfileirados ao longo da calçada, a menos de cem metros de distância. Era quase impossível ficar parado ali e esperar enquanto outra pessoa ajudava America, mas não havia nada que eu pudesse fazer, além de deixá-la saber que eu estava por perto. Esperar que eles a liberassem era a única opção.

116

Cobri a boca com a mão, sentindo lágrimas arderem nos olhos.

— Quanto tempo? — perguntei.

— Só alguns minutos — respondeu o comandante. — Talvez menos.

Observei enquanto eles cortavam e arrancavam a porta da viatura, depois trabalhavam para soltar a perna de America. Ela gritou de novo. Reyes apertou meu braço com mais força.

— Essa garota é fogo — disse ele. — Não aceita "não" como resposta. Insistiu em vir comigo, na esperança de te encontrar.

O comandante deu risada.

— Eu conheço uma pessoa assim.

O paramédico se aproximou com um colar cervical e, depois que estabilizou o pescoço dela, a puxou bem devagar. Quando vi seu rosto, seus lindos olhos grandes procurando ao redor, em choque e medo, minhas lágrimas escorreram.

Fiquei a poucos passos enquanto eles a estabilizavam na maca, e finalmente tive permissão para segurar a mão dela de novo.

— Ela vai ficar bem — disse o paramédico. — Está com um pequeno corte no alto da cabeça e o tornozelo esquerdo provavelmente está quebrado. Mas é só isso.

Olhei para America e beijei seu rosto, sentindo o alívio me invadir.

— Você encontrou o anel.

Ela sorriu, e uma lágrima escorreu do canto do olho e desceu pela têmpora.

— Encontrei.

Engoli em seco.

— Eu sei que é uma situação traumática. E sei que você odiou quando a Abby pediu o Travis em casamento depois do incêndio, mas...

— Sim — America disse sem hesitar. — Se você está me pedindo em casamento, a resposta é sim. — Ela inspirou, e as lágrimas transbordaram de seus olhos.

— Eu estou te pedindo em casamento — engasguei, antes de beijar o anel em seu dedo.

Depois que os paramédicos colocaram a maca na ambulância, segui Reyes até os fundos com ela. America se encolhia quando passávamos por buracos, mas não soltava minha mão.

— Não acredito que você está aqui — disse ela, baixinho. — Não acredito que você está bem.

— Eu nunca fico longe por muito tempo. Sempre encontro o caminho de volta até você.

America soltou uma risadinha e fechou os olhos, permitindo-se relaxar.

10

America

— É linda — falei, olhando ao redor da casa nova de Travis e Abby.
— Você disse que tem quatro quartos?

Abby assentiu.

— Dois no primeiro andar, mais dois no segundo.

Ergui o queixo, olhando para a escada. Os degraus eram demarcados por corrimãos de madeira branca e cobertos com um carpete cinza-claro recém-instalado. O piso de madeira brilhava, e os móveis, tapetes e objetos de decoração tinham sido arrumados com perfeição.

— Parece que saiu direto de uma revista de decoração — falei, balançando a cabeça, maravilhada.

Abby olhou ao redor com um sorriso, suspirando e concordando.

— Nós economizamos durante muito tempo. Eu queria que fosse perfeita. O Trav também.

Girei o anel de noivado no dedo.

— E é. Você parece cansada.

— Desencaixotar as coisas e organizar tudo é cansativo mesmo — disse ela, indo para a sala de estar.

Ela se sentou na poltrona, e eu no sofá. Era a segunda coisa que Travis tinha comprado depois que conhecera Abby.

— Ele vai adorar quando vir — falei. — Eles devem chegar daqui a pouco.

Ela olhou para o relógio, girando no dedo, distraída, uma mecha de cabelo comprido cor de caramelo.

— A qualquer minuto, na verdade. Me lembra de agradecer ao Shepley por ter ido pegar o Travis no aeroporto. Sei que ele não gosta de te deixar sozinha, ultimamente.

Olhei para baixo, passando a mão em minha barriga redonda.

— Você sabe que ele faria qualquer coisa por você e pelo Travis.

Abby apoiou o queixo no punho e balançou a cabeça.

— É difícil acreditar que o seu bebê vai ser o quarto neto do Jim. A Olive, o Hollis, a Hadley e agora...

— Ainda não vou contar — falei com um sorriso.

— Por favor! Estou morrendo de curiosidade! Só me conta o sexo.

Balancei a cabeça, e Abby riu, meio frustrada com meu silêncio.

— Ainda é nosso segredo... pelo menos por mais três semanas.

Abby ficou calada.

— Você está com medo?

Balancei a cabeça.

— Não vejo a hora de deixar de ser uma incubadora inchada ambulante, pra ser bem sincera.

Ela inclinou a cabeça, em sinal de compreensão, e estendeu a mão para a mesa lateral a fim de ajeitar um porta-retratos com uma foto em preto e branco da renovação de votos dos dois em Saint Thomas.

Toquei minha barriga, apertando a parte do bebê que estava se alongando nas minhas costelas.

— Daqui a uns seis meses, você vai ter que colocar os objetos frágeis no alto.

Abby sorriu.

— Estou louca pra isso.

A porta da frente se abriu e Travis gritou no hall de entrada, sua voz se espalhando pela sala de estar:

— Cheguei, Beija-Flor!

— Vou deixar vocês sozinhos — falei, me preparando para sair do sofá.

— Não, fica — disse Abby, se levantando.

120

— Mas... ele ficou fora por dez dias — retruquei, observando-a se apressar pela sala para encontrar Travis na porta larga.

— Oi, baby — disse ele, jogando os braços ao redor da esposa. Ele pressionou os lábios nos dela, inspirando.

Shepley sentou no sofá ao meu lado, me beijou e depois fez o mesmo com minha barriga.

— Papai chegou — disse ele.

O bebê se mexeu e eu me sentei mais reta, tentando dar mais espaço para ele.

— Alguém sentiu saudade — falei, passando os dedos no cabelo de Shepley.

— Como você está se sentindo? — ele perguntou.

— Bem — respondi, anuindo.

Ele franziu a testa.

— Estou ficando impaciente.

Arqueei a sobrancelha.

— Você?

Ele deu risada e depois olhou para o primo.

— Aonde você vai? — perguntou Travis, observando Abby sair em direção à cozinha. Ela voltou com dois balões de gás hélio presos num fio e a uma caixa de sapatos. Ele deu uma risadinha, confuso, depois leu o que estava escrito no topo da caixa. — "Bem-vindo de volta, papai."

— Ai, meu *Deus*! — gritei antes de cobrir a boca.

Travis segurou a caixa, olhou para mim, então para Shepley, depois de novo para Abby.

— Que fofo. É pro Shep?

Abby balançou lentamente a cabeça.

Travis engoliu em seco, e seus olhos ficaram imediatamente vidrados.

— Pra mim?

Ela assentiu.

— Você está grávida?

Ela concordou de novo.

— Eu vou ser pai? — Ele olhou para Shepley com os olhos arregalados e um enorme sorriso pateta no rosto. — Eu vou ser pai! Não acredito, porra! Não acredito! — disse ele, com uma lágrima escorrendo no rosto. Depois deu uma risada aguda, quase alucinada.

Ele secou o rosto e abraçou Abby, girando-a no ar. Ela deu uma risadinha, enterrando a cabeça no pescoço dele.

Quando a colocou no chão, ele perguntou, cauteloso:

— É sério?

— Claro, baby. Eu não brincaria com isso.

Ele riu de novo, aliviado. Eu nunca tinha visto Travis tão feliz.

— Parabéns — disse Shepley, se levantando.

Ele foi até o primo e o abraçou. Travis o agarrou, chorando, emocionado.

Abby secou os olhos, tão surpresa quanto nós com a reação do marido.

— Tem mais — disse ela.

Travis soltou Shepley.

— Mais? Está tudo bem? — ele perguntou, com manchas vermelhas ao redor dos olhos.

— Abre a caixa — disse Abby, apontando para a caixa de sapatos ainda na mão de Travis.

Ele piscou algumas vezes e depois olhou para baixo, rasgando com cuidado o papel marrom em que estava embrulhada. Levantou a tampa e olhou para Abby.

— Beija-Flor... — ele sussurrou.

— O quê? Me mostra! Não consigo me mexer! — falei.

Travis pegou dois pares minúsculos de sapatinhos de linho cinza, presos entre os quatro dedos.

Cobri a boca de novo.

— Dois?! — gritei. — Gêmeos!

— Puta merda, irmão — disse Shepley, dando um tapinha nas costas de Travis. — Mandou bem!

Travis engasgou, tomado pela emoção. Quando as palavras surgiram, ele conduziu Abby até sua poltrona reclinável.

— Senta, baby. Descansa. A casa está linda. Você trabalhou muito. — E se ajoelhou diante dela. — Está com fome? Posso fazer alguma coisa pra você comer. Qualquer coisa. É só dizer.

Abby riu.

— Você está me deixando mal na fita, Trav — provocou Shepley.

— Como se você não tivesse me mimado até, esse tempo todo — falei.

Ele sentou ao meu lado, me abraçando e beijando minha têmpora.

— Netinho número cinco... e seis — falei, radiante.

— Mal posso esperar pra contar pro meu pai — disse Travis. Seu lábio inferior tremeu, e ele encostou a testa na barriga dela.

— Nossa família bagunçada está se saindo bem — disse Shepley, tocando minha barriga.

— Estamos nos saindo bem pra caralho — disse Travis.

Shepley se levantou, desapareceu na cozinha e voltou com duas garrafas de cerveja e duas de água. Deu uma cerveja para Travis e as águas para mim e Abby. Levantamos as bebidas.

— À próxima geração de Maddox — disse Shepley.

A covinha de Travis afundou quando ele sorriu.

— Que a vida deles seja tão linda quanto as mulheres que os carregam. Levantei a água.

— Você sempre foi bom em brindes, Trav.

Todos nós tomamos um gole, depois observei enquanto os três riam e conversavam sobre como a vida tinha se tornado maravilhosa, sobre nossos futuros filhos e como seriam as coisas dali em diante.

Travis não conseguia parar de sorrir, e Abby parecia estar se apaixonando de novo por ele enquanto o observava se apaixonar pela ideia de ser pai.

Para pessoas que tinham lutado tanto a cada passo do caminho, não tínhamos um único arrependimento e não mudaríamos nada. Cada decisão errada havia nos levado àquele momento, provando que, na verdade, todas as escolhas que havíamos feito foram acertadas. Tínhamos chorado, sofrido e sangrado a caminho da felicidade, a qual nem o fogo nem o vento conseguiriam abalar.

Não importava o que era ou como tudo havia acontecido, tínhamos algo belo.

Fim

AGRADECIMENTOS

Algo belo é meu décimo sétimo livro publicado. Apenas seis anos atrás, sentei para escrever *Providence*, e tudo mudou muito de lá para cá, do jeito mais maravilhoso. O apoio e a lealdade impressionantes dos meus leitores tiveram um papel decisivo ao me permitir escrever dezessete livros em seis anos, e por isso recebam meus mais sinceros agradecimentos.

Agradeço à minha querida amiga Deanna Pyles, que me ajudou a moldar *Algo belo* desde a primeira página. Você nunca vai saber como eu valorizo sua empolgação e seu entusiasmo.

Agradecimentos especiais a Sarah Hansen, Murphy Hopkins, Elaine Hudson York e Kelli Spear, por me ajudarem a empacotar as cópias preliminares de *Algo belo* a tempo de chegarem a Vegas. Eu tinha certeza de que a minha ideia de última hora não daria certo, mas vocês largaram o que estavam fazendo e trabalharam até tarde, sob uma pressão tremenda, para fazer acontecer. E deixaram uma centena de leitores muito felizes. Um "obrigada" não é suficiente!

Como sempre, agradeço ao meu marido e aos meus filhos pela paciência e pelo apoio inesgotáveis. Não é tão fácil como parece ter uma esposa e mãe que trabalha em casa quando você precisa fingir que ela não está ali. Nós conseguimos aperfeiçoar nosso processo, e não há palavras para expressar como eu amo vocês por aturarem minha agenda maluca. Eu não conseguiria fazer isso tudo sem vocês. E nem ia querer.

Impresso no Brasil pelo Sistema Cameron da Divisão Gráfica da
DISTRIBUIDORA RECORD DE SERVIÇOS DE IMPRENSA S.A.